Rosie Rushton

Der Typ *gefällt* mir eben!

**DIE AUTORIN**

Rosie Rushton arbeitet als Journalistin für verschiedene Zeitungen und verfasst Reportagen für Zeitschriften. Besonders gern schreibt sie über Teenager und Familienbeziehungen. Sie ist Autorin von bisher sechs Jugendbüchern. Rosie Rushton lebt in Northamptonshire und hat drei erwachsene Töchter.

Rosie Rushton

¡Girls!

## Der Typ *gefällt* mir eben!

Aus dem Englischen
von Nina Schindler

Band 20490

Der Taschenbuchverlag
für Kinder und Jugendliche
von C. Bertelsmann,
München

Von Rosie Rushton ist bei
C. Bertelsmann erschienen:
**Reg dich ab, Mama!**
**Ich glaub, ich krieg 'ne Krise!**
**Halt dich da raus, Mama!**

Bei OMNIBUS ist erschienen:

¡Girls! **Das ist *mein* Problem!** (20492)
¡Girls! **Das krieg ich auch *selbst* geregelt** (20491)

*Umwelthinweis:*
*Dieses Buch wurde auf chlorfrei gebleichtem*
*Papier gedruckt.*

Deutsche Erstausgabe Juni 1998
Gesetzt nach den Regeln der Rechtschreibreform
© 1998 für die deutschsprachige Ausgabe
C. Bertelsmann Jugendbuch Verlag GmbH, München
Alle deutschsprachigen Rechte vorbehalten
Die Originalausgabe erschien 1997 unter dem Titel
»Sophie« bei Piccadilly Press, London
© 1997 für die Originalausgabe Rosie Rushton
Übersetzung: Nina Schindler
Lektorat: Kerstin Wendsche
Umschlagbild: Sabine Kranz
Umschlagkonzeption: Klaus Renner
kk · Herstellung: Stefan Hansen
Satz: Uhl + Massopust, Aalen
Druck und Bindung:
Graphischer Großbetrieb Pößneck GmbH
ISBN 3-570-20490-1
Printed in Germany

10 9 8 7 6 5 4 3 2 1

*Für Niki, Sally und Caroline,
die mich so gut erzogen haben,
und für Kate,
die mir seinerzeit aus der
Klemme herausgeholfen hat.*

# Inhalt

Sophie leidet unter ihrer hektischen Mutter  7
Sophie Cross – Pech mit Jungs  23
Es wird immer schlimmer  33
Sophie schlägt zu  41
Es ist für di-hich!  45
Parteipolitik  56
Zufällige Begegnungen  62
Schlechtes Gewissen  72
Eine Fahrt im Regen  76
Zickige Zankereien  82
Ein guter Haartag  86
Sophie auf der Ausstellung  94
Verschiedenes Nachhausekommen  100
Ärger voraus  110
Du kannst sicher sein, dass deine
bösen Taten entdeckt werden!  115
Sophie bezahlt die Zeche  118
Sophie lernt das Leben auf der Straße kennen  122
Muttermanie  137
Gebraucht werden  140
Lovestory  151
Es liegt was in der Luft  156
Lebenspläne  162
Sorgen?  167
Ärger auf der Straße  174
Wieder ganz normal  186

## Sophie leidet unter ihrer hektischen Mutter

Es gab bestimmt nicht viele Menschen, bei denen ein lila Keramikzwerg, drei Einhörner aus Rauchglas und eine unablässig schwatzende Mutter mit am Frühstückstisch saßen, überlegte Sophie Cross. Dabei las sie aufmerksam das Kleingedruckte der Müslischachtel, um sicherzugehen, dass darin keine Zusatzstoffe enthalten waren, von denen man Pickel kriegen konnte. Wenn ihre Mutter etwas auch nur ansatzweise Interessantes erzählt hätte, dann wäre das ja noch zu ertragen gewesen, aber Vanessa Cross befand sich in ihrer üblichen hyperaktiven Mittwochsmorgenverfassung und raste wie ein wild gewordener Handfeger in der Küche herum, gab unvollständige Sätze von sich und verhinderte dadurch, dass Sophie auch nur ein Wort vom Frühstücksfernsehprogramm mitbekam.

»Nicht zu glauben! Schon halb acht und dabei habe ich heute einen absolut grauenvollen Tag vor mir!« Vanessas Riesenohrringe baumelten heftig hin und her, während sie immer weiterschwatzte. »Die Vertreterin mit den Stoffen wollte um halb zehn kommen und die quasselt immer stundenlang und findet kein Ende…«

»Dann müsstest du dich doch eigentlich in ihrer Gesellschaft ganz wohl fühlen, oder?«, knurrte Sophie und stellte den Lautstärkeregler höher. »Ich will mir das hier eben anhören.«

»…und dann muss ich vor der Mittagspause noch die

Fensterdekoration fertig machen ... ich dachte an Aubergine mit einem Hauch Granatapfelrot ... was meinst du dazu?«
»Mama! Ich versuche hier zuzuhören!«, zischte Sophie, löffelte ihr Müsli und wandte sich wieder dem Bildschirm zu, wo die berühmte Star-Visagistin Zoe Cairns den Zuschauerinnen erläuterte, wie sie mit Hilfe eines weißen Eyeliners und einer Reihe von Lippenstiften in siebeneinhalb Minuten cool und lässig aussehen konnten.

Sophie wollte schon seit langem wahnsinnig gern cool und lässig aussehen. Doch leider brachte sie ihrer Meinung nach dafür nicht die erforderlichen Voraussetzungen mit. Sie hatte kurze, fransig geschnittene Haare, an denen sie in regelmäßigen Abständen alle neuen Farben ausprobierte und die ihrer Ansicht nach dazu beitrugen, dass sie nicht total uncool aussah. Eigentlich hätten ihre großen schokoladenbraunen Augen von dichten Superwimpern umrahmt sein müssen – aber: Fehlanzeige. Auch ihr Teint erfüllte nicht ihre Erwartungen, er war blass elfenbeinfarben, und wenn er das immer geblieben wäre, hätte sie wunderbar wie eine Heldin aus einem Jane-Austen-Roman aussehen können. Aber Sophie litt unter einem schrecklichen Makel, von dem sie kein Make-up-Künstler auf der ganzen Welt befreien konnte. Wenn sie sich aufregte oder ihr irgendwas peinlich war, lief sie rot an. Von der Stirn bis zu den Schultern. Und sie wusste sehr gut, dass man mit einer tomatenroten Birne niemals cool und lässig aussah. Sophie hätte alles dafür gegeben, wenn sie immer bleich und interessant hätte aussehen können.

»Liebling«, sagte ihre Mutter gerade noch schriller zum zweiten Mal und riss Sophie aus ihren Gedanken, »ich hab dich gerade etwas gefragt. Was hältst du von Aubergine und Granatrot? Ich dekoriere das Fenster neu für Halloween, mit lauter Fabelwesen.«

Sophie seufzte, drückte auf die Taste der Fernbedienung und wechselte zu einer Waschmittelreklame als Gegenmittel zu schwatzhaften Müttern. »Nimm einfach, was du gut findest«, sagte sie gleichgültig. »Und überhaupt, was macht es schon für einen Unterschied?«

Vanessa Cross starrte sie ungläubig an. »Liebling, Schaufenster sind das A und O«, beteuerte sie. »Sie bringen die Kunden dazu, Geld auszugeben. Und letzten Endes dreht sich doch alles ums Geldverdienen.«

»*Ohne Geld kann ein Tag sehr lang sein ...*« Ein Reporter sah Sophie vom Bildschirm her feierlich in die Augen, als ob er die letzte Bemerkung ihrer Mutter mitbekommen hätte.

»*Nach einer kurzen Unterbrechung werden wir in das Londoner Nobelviertel Camden gehen und uns mit obdachlosen Teenagern unterhalten. Wir werden sie fragen, wie es einem so geht, wenn man wieder einen Tag unterhalb der Armutsgrenze vor sich hat.*«

»Und heute Nachmittag«, schwatzte Sophies Mutter weiter und glättete eine nicht existierende Falte in ihrem eierschalfarbenen Leinenrock, »treffe ich mich mit dem Hersteller von diesen himmlischen Dackel-Papierkörben und ...«

»Mama! Kannst du denn nicht mal still sein – nur für zwei Sekunden, bitte? Ich muss das hier unbedingt hören.« Sophie wandte sich zu ihrer Mutter um und versuchte deren Aufmerksamkeit auf sich zu lenken. »Ich muss eine Hausarbeit schreiben und dafür brauch ich unbedingt noch ein gutes Thema und ich dachte, das hier wäre vielleicht ...«

»Findest du diese Einhörner nicht auch so süß? Und dabei kosten sie bloß hundertsiebzig Pfund das Stück«, begeisterte sich ihre Mutter, hob eine der Glasfiguren hoch und streichelte sie liebevoll.

Sophie verschluckte sich und spuckte eine Haselnuss und noch etwas, das wie eine getrocknete Bananenschale aussah, auf das Tischtuch. »Hundertsiebzig Pfund?«, wiederholte sie ungläubig und vergaß vor lauter Staunen für einen Augenblick ihre Hausarbeit und das Fernsehprogramm. »Das ist ja der totale Nepp!«

Ihre Mutter sah gekränkt aus. »Aber Liebling, ganz und gar nicht!«, protestierte sie, beugte sich vor und wischte mit einem Küchenhandtuch eifrig über das Tischtuch. »In diesem Herbst sind alle ganz wild auf Accessoires im Märchenlook, weißt du.«

Sophie wollte schon sagen, dass dazu doch wohl auch ein Band »Grimms Märchen« auf dem Couchtisch genügte und jedenfalls billiger wäre, aber dann sparte sie sich doch lieber ihre Puste. Eine Hochglanzillustrierte hatte ihre Mutter neulich »Fulhams dynamische und visionäre Hüterin einer Schatztruhe« genannt, was eigentlich nichts weiter besagte, als dass sie einen Laden mit lauter verrücktem Kleinkram hatte, den kein Mensch brauchte, bis Vanessa ihn vom Gegenteil überzeugte. Im »Töpferschuppen« gab es reineweg alles: vom Schirmständer in der Form von daumenlutschenden Zwergen und Seifenschälchen fürs Bad, die wie Porzellankrebse aussahen, bis hin zu imitierten Butterfässern, die den Küchen der Reichen den rustikalen Touch geben sollten.

Sophie wäre das alles ziemlich egal gewesen, wenn der ganze Kram unten im Laden geblieben wäre, aber Vanessa schleppte die verrücktesten Sachen immer hoch in die Wohnung und zauberte damit das Ambiente, das zwar auf Fotos in diesen Nobel-Zeitschriften immer so toll aussah, zum täglichen Leben aber überhaupt nicht taugte. Wenn Sophie ihre Schuhe unter dem Couchtisch aus Plexiglas liegen ließ, Seidenkissen auf die Erde schleuderte oder Bonbonpapierchen in den darüber sehr erhabenen antiken Shaker-Korb warf, dann führte Vanessa sich auf, als ob ihre Tochter die Mona Lisa besudelt hätte. Das machte das Wohnen nicht gerade gemütlich.

»Aber Mama«, beharrte Sophie, »wer braucht denn ein Einhorn? Wofür sollen die denn gut sein?«

Vanessa sah ihre Tochter erstaunt an und glättete ihren weizenblonden, makellos frisierten Pagenschnitt.

»Die sind für nichts Bestimmtes«, bemerkte sie, nahm den Poststapel und besah sich die Briefumschläge. »Sie sind so was wie – wie eine geistreiche Bemerkung. Wenn du so etwas kaufst, dann verrät das etwas darüber, wer du bist und was du bist.«

»Total bekloppt und mit zu viel Geld an den Hacken, meinst du das?«, sagte Sophie scharf und fuhr sich mit den Fingern durch die Haare. Drei Stunden hatte sie am vergangenen Wochenende gebraucht, um es in der Farbe zu tönen, die auf der Schachtel *polierte Bronze* geheißen hatte, von der sie aber befürchtete, dass sie eher wie *rostiger Eimer* geworden war.

Ihre Mutter wollte, dass Sophie sich im Salon »Tophair« die Haare machen ließ, aber Sophie konnte Frisörinnen nicht ausstehen, besonders diejenigen nicht, die sie im Spiegel begafften und Bemerkungen fallen ließen wie: »Du siehst deiner Mutter ja kein bisschen ähnlich, was?«

Wenn man eine Mutter mit Wangenknochen wie Marlene Dietrich hatte und Haaren, die sich immer genau so legten, wie sie sollten, dann war das schon schlimm genug. Doch Vanessa konnte außerdem noch äußerst amüsant plaudern und die gesamte Kundschaft des Salons zum Wiehern bringen, während sie ihr Haar gesträhnt und toupiert bekam. Aus irgendeinem Grund dachte Kimberly, die Chefstylistin, Sophie hätte den Rededurchfall ihrer Mutter und deren Talent für schlagfertige Sprüche geerbt.

Sophie konnte jedoch keinen Sinn darin sehen, fünfundvierzig Pfund dafür zu blechen, dass sie sich blöd vorkam, wenn sie sich genauso gut im Badezimmer einschließen und die gleiche Frisur samt einer Tüte Gummibärchen für acht Pfund fünfundsiebzig bekommen konnte.

Sie zupfte eine Haarsträhne nach vorn und beäugte sie kritisch aus den Augenwinkeln.

»Und, Liebling«, sagte ihre Mutter, die sie beobachtet hatte, »ich meine, du solltest mal was mit diesem Haar machen lassen.« *Diesem Haar* hörte sich bei ihr an, als ob sie damit etwas ziemlich Widerliches bezeichnete, das sie hinter dem Kühlschrank gefunden hatte.

»Und was stimmt nicht mit meinen Haaren?«, fauchte Sophie, die gerade selbst überlegt hatte, ob ihr beim Färben nicht ein schlimmer Fehler unterlaufen war, und jetzt überhaupt keine mütterliche Bemerkung brauchte, die in die gleiche Kerbe haute. »Bloß weil ich nicht Riesensummen in irgend so einem dusseligen Frisörsalon verpulvert habe ...«

Vanessa seufzte und legte eine Rechnung ihrer Bank zur Seite. »Man kriegt nur was, wenn man dafür bezahlt, Sophie.

Es sieht eben, na ja, ein bisschen – schrill aus, nicht, Schätzchen?«
»Ach, hör schon auf, Mama! Alle laufen in diesem Herbst mit Kupferrot rum. Amy hat sogar eine knallrote Strähne…« Damit wollte sie ihrer Mutter zu verstehen geben, dass es noch viel schlimmer hätte kommen können.
»Wie grässlich!«, murmelte Vanessa und überflog ein Schreiben von der *Gleißende Glühlichter GmbH*. »Aber Sophie, du hast mit deinen blonden Haaren so süß ausgesehen.«
Sophie knirschte mit den Zähnen. »Mama! Ich bin vierzehn! Ich will überhaupt nicht süß aussehen! Ich will …«, sie überlegte, »ich will cool aussehen, voll cool und lässig«, und damit wandte sie ihre Aufmerksamkeit wieder dem Fernseher zu. Das Frühstücksfernsehen war ja nicht unbedingt das tollste Programm, aber verglichen mit ihrer Mutter wahnsinnig interessant.
»*Und jetzt begleiten wir Rufus Standen, der heute über unser Tagesthema berichtet.*« Ein paar Takte von einer angemessen ernsthaften Musik machten klar, dass der nächste Programmpunkt nichts für leichtfertige Gemüter war.
»Oh, Schätzchen, sieh doch nur!«, schrie Sophies Mutter, die sich offensichtlich von dem Ernst des Programms nicht beeindrucken ließ. »Ein Brief für dich!«
Sie reichte Sophie ein großes Kuvert und saß mit einem erwartungsvollen Lächeln auf den Lippen da. Sophie warf einen Blick darauf und sah dann wieder zum Bildschirm hin.
»Na los, mach ihn schon auf«, ermunterte Vanessa ihre Tochter.
»Mama!«, brüllte Sophie und stopfte den Umschlag in

ihre Schulmappe. »Sei still! Ich hab dir doch gesagt – ich will das hier sehen!«

Mrs. Cross runzelte die Stirn und warf einen Blick auf den Bildschirm, wo die Kamera an einer Reihe von Hauseingängen vorbeischwenkte, in denen formlose Schlafsackbündel zusammengekauert saßen.

»Nicht schon wieder so ein deprimierender Bericht über die Obdachlosen?«, seufzte sie und betrachtete ziemlich irritiert einen winzigen Kratzer auf ihrem auberginefarbenen Nagellack. »Warum können sie uns nicht wenigstens den Tag mit guter Laune beginnen lassen?«

Sophie wirbelte herum und warf dabei fast ihr Glas mit Orangensaft um. »Zum Teufel noch mal, Mama!« Sie sah ihre Mutter wütend an, ihre braunen Augen blitzten vor Ärger. »Musst du denn dauernd reden? Ich muss in Sozialkunde einen Aufsatz schreiben, da soll es um Lebensstandard gehen. Ich dachte, ich schreibe was über einige Aspekte der Armut und vielleicht krieg ich hiervon ein paar Ideen.«

Ihre Mutter sah verdutzt aus. »Aber, Liebling, wieso denn? Das verstehe ich nicht, Armut ist doch kein Lebensstandard? Ich hätte wohl eher gedacht, die *Vermeidung* von Armut wäre der wünschenswerte Lebensstandard.«

Sophie machte die Augen zu, zählte sehr rasch bis zehn und fragte sich, wie eine so naive Frau es bis zum 43. Lebensjahr geschafft hatte.

»*Lisa ist 16*«, sagte der Fernsehreporter. »*Sie lebt schon seit sechs Monaten auf der Straße. Ihre Mutter warf sie aus der Wohnung, in der die Familie lebt.*«

»Das ist ja furchtbar!« Sophie schnappte nach Luft, als die Kamera in Nahaufnahme ein blasses Mädchen mit langen

verfilzten Haaren und unglaublich schönen Augen zeigte.
»Mama, hast du das gehört …?«
»So, Liebling, sag mir mal«, fuhr Mrs. Cross fort und ignorierte Sophies Frage völlig, während sie das schmutzige Geschirr zur Geschirrspülmaschine trug, »hast du dein Zimmer aufgeräumt? Die Fosdyke-Grants kommen nämlich heute Nachmittag, um Spiegel zu kaufen, und ich dachte, ich könnte ihnen einen in der Form einer Narrenkappe zeigen und diese unglaublich hübsche florentinische Imitation über dem …«
»Mama!«, schimpfte Sophie. »Kannst du jetzt nicht mal den Mund halten von Spiegeln und Kundinnen und …«
»Werd bloß nicht unverschämt, junge Dame! Wie kannst du mir sagen, ich soll den Mund halten!«, gab Vanessa ärgerlich zurück und knallte die Tassen und Teller mit einiger Erbitterung in den Geschirrspüler. »Wenn ich mich nicht um diese Kundinnen bemühen würde, könntest du nicht so bequem leben.«
Sophie drehte sich in ihrem Stuhl um und sah ihre Mutter wütend an. »Und wenn deine Kundinnen nicht 170 Pfund für dämliche gläserne Einhörner ausgeben würden, könnten sie Leuten wie ihr Geld geben!« Sie zeigte auf den Bildschirm.
»*Und jetzt*«, sagte der Reporter, »*schalten wir zurück ins Studio und Bryony wird uns erzählen, wie das Wetter heute wird.*«
Plötzlich füllte sich der Bildschirm mit kleinen weißen gezeichneten Wolken, die sich über Westengland ausregneten.
»Oh Klasse!«, stöhnte Sophie, nahm die Fernbedienung und schaltete um. »Jetzt hab ich's verpasst.«

»Mach dir deswegen mal keine Sorgen«, sagte ihre Mutter unbeeindruckt. »Ich kann überhaupt nicht begreifen, warum du dir den Kopf mit diesem ganzen Unglück und Elend voll stopfen willst. Kannst du nicht einen Aufsatz über etwas Angenehmeres schreiben? Zum Beispiel über Innenarchitektur oder über die provenzalische Küche, die gehören doch auch alle zum Lebensstandard dazu, oder nicht?«

Sophie schnappte sich ein Stück Toast vom Toastständer, der die Form eines Stachelschweins hatte, und schmierte wütend Butter darauf. »Du bist einfach unglaublich! Du hast überhaupt keine Ahnung, was, Mama?«

»Dann erklär's mir doch mal«, ermutigte sie Vanessa. Sie schob ihren Stuhl zurück und band sich eine geschmackvoll gemusterte Baumwollschürze um die Taille. »Aber mach schnell, ich muss nach unten und die Sendung mit den portugiesischen Blumentöpfen auspacken, bevor wir den Laden aufmachen.«

Sophie biss in ihren Toast und holte mental ganz tief Luft. »Mrs. Peters sagt, wenn man die Probleme anderer Leute versteht, kann man sich selber auch viel besser verstehen«, zitierte sie. »Sie meint, dass man sich kaum zu einer Persönlichkeit entwickeln kann, wenn man die Welt um sich herum nicht wahrnimmt.«

»Ach, ich verstehe«, sagte ihre Mutter, die ganz offensichtlich nichts verstand.

»Glaub es oder glaub es nicht, Mama, aber es gibt viel wichtigere Dinge im Leben als die Frage, wie viele Keramikzwerge man in einer Woche verkaufen kann.«

»Nicht wenn man Hypotheken bezahlen muss und dein Schulgeld gerade wieder gestiegen ist, dann eher nicht«, sagte

Vanessa trocken, nahm das Tischtuch hoch und untersuchte es nach Flecken. »Es kostet mich ein kleines Vermögen, dich auf die Bishops' Court gehen zu lassen, weißt du.«

»Tja, du hättest mich ja nicht da anmelden müssen, oder?«, entgegnete Sophie, die aus einer Anzahl von Gründen die Schule immer weniger angenehm fand. »Papa hat gesagt, ich sollte lieber zur Ryemead Upper gehen, er fand, die Bishops' Court wäre voll von überprivilegierten Leuten. Papa hat gesagt, man müsste seine Prioritäten richtig setzen.«

Ihre Mutter unterbrach ihre Versuche, das Tischtuch ordentlich zu falten, und warf es mit äußerster Wildheit in die Schublade der walisischen Kommode.

»Oh, da kommen wir ja jetzt zum wirklichen Thema«, fauchte sie und knallte die Schublade zu. »Das hätte ich mir ja denken können – du sitzt immer ganz hoch auf deinem moralischen Ross, wenn dein Vater wieder mal nach Hause kommt.«

Sophies Eltern hatten sich scheiden lassen, als sie sechs Jahre alt war, und sie konnte sich kaum noch daran erinnern, wie es gewesen war, als ihr Vater bei ihnen gewohnt hatte. Sie hatten damals ihr viktorianisches Reihenhaus in Wimbledon verkauft und ihr Vater Clive hatte seine Arbeit gekündigt und war nach Afrika gegangen, wo er als Projektmanager bei einer Entwicklungshilfeorganisation arbeitete. Er kam nur einmal im Jahr auf Urlaub nach Hause, aber er schrieb Sophie lange Briefe, schickte ihr Fotos von den Dörfern, in denen er sich um Brunnenbohrungen oder Straßenbau kümmerte, und beschrieb in allen Einzelheiten das harte Leben der Leute, denen er zu helfen versuchte.

»*Du kannst dir keinen größeren Kontrast als dieses Dorf hier und einen Nobelstadtteil wie Fulham vorstellen*«, hatte er in seinem letzten Brief geschrieben. »*Ich frage mich oft, wie alle diese Damen dort ohne Elektrizität auskämen, noch dazu, wenn sie sich alles Wasser von einer Quelle aus sechs Kilometer Entfernung holen müssten.*«

»Ich habe nur das gesagt, was Papa denkt«, gab Sophie zurück. »An welchem Tag kommt er eigentlich wieder?«

Vanessa zuckte die Achseln. »Woher soll ich das wissen? Ich bin nicht länger die Hüterin deines Vaters und dafür sei dem Himmel Dank.«

»Aber wie sollen wir ihn abholen, wenn wir nicht wissen, wann genau er ankommt?«

»Deinen Vater abholen?« Vanessa hörte sich an, als ob Sophie ein Zusammentreffen mit einem halben Dutzend Marsbewohnern vorgeschlagen hätte. »Wir holen ihn nicht ab. Diese Flüge aus Afrika kommen zu den unmöglichsten Zeiten mitten in der Nacht an.«

»Aber wir müssen ihn abholen!«, beharrte Sophie. »Er war jetzt dreizehn Monate lang weg, ich kann es kaum erwarten, ihn wieder zu sehen!«

Vanessa warf ihr einen durchdringenden Blick zu. »Du wirst ihn schon früh genug sehen. Er sagte, er würde von Mosambik aus ein Fax schicken und dir seine neue Adresse mitteilen. Anscheinend mietet er irgendeine schäbige Wohnung in Camden, während er hier ist.«

Sophie wurde wütend. »Woher willst du denn wissen, dass sie schäbig ist?«, fuhr sie auf. »Hast du sie denn schon gesehen?«

Vanessa sah jetzt wenigstens so aus, als täte ihr ihre Bemerkung Leid. »Nein«, gab sie zu, »aber du kennst doch deinen Vater, er hat es immer am liebsten ganz billig und es ist ihm völlig egal, wie er lebt. Dieser Mann hatte noch nie auch nur den leisesten Sinn für Geschmack.«

Sophie wollte ihrer Mutter schon widersprechen, aber dann beschloss sie, lieber nicht ihre Energie zu verschwenden. Sie hatte momentan schon genug Probleme und keine Lust auf eine Litanei von ihrer Mutter über die vielen Fehler von ihrem Vater.

Sophie war nie gesagt worden, warum sich ihre Eltern hatten scheiden lassen. Aber obwohl sie damals noch ein kleines Kind gewesen war, hätte sie die Gründe doch gern gewusst. Wahrscheinlich hatte es daran gelegen, dass das Zusammenleben mit ihrer Mutter so unglaublich schwierig war und dass ihr Vater sich dazu berufen fühlte, gute Taten zu vollbringen, das war alles sehr edel. Sophies Herz machte einen kleinen Hopser. Nur noch wenige Tage und dann wäre er wieder da.

In Sophies Augen war ihr Vater ein vollkommener Held. Ihre Mutter meinte, das käme nur daher, weil sie nicht dauernd mit ihm leben müsste, aber Sophie wusste, dass das nicht stimmte. Er war immerhin ein Mann, der einen gut bezahlten Job in einer großen Ingenieurfirma und einen silbernen BMW gegen eine kleine Hütte in einem Dorf ohne Strom und ein verrostetes Fahrrad als Transportmittel eingetauscht hatte, damit er den Armen und Benachteiligten helfen konnte. Sophie fand, so jemand sollte sein Foto in die Zeitung bekommen wie damals Mutter Teresa. Doch wenn sie das ihrer Mutter sagte, kriegte sie nur als Antwort: »Er ist kein Heiliger«, was Sophie ziemlich ungerecht fand, weil ihr Vater immerhin ohne Fernsehen und ohne Whirlpool leben musste.

»Hast du dir eigentlich schon mal klargemacht«, fuhr Sophie fort, die es ihrer Mutter nicht so leicht machen wollte, »dass mit dem Geld für nur eines von diesen dämlichen glänzenden Einhörnern wahrscheinlich alle Leute in dem Dorf in Mosambik, wo Papa gearbeitet hat, einen ganzen Monat lang ernährt werden könnten?«

Vanessa holte tief Luft und lächelte müde. »Ja, wahrscheinlich«, stimmte sie zu. »Ich werd dir mal was sagen, ich gebe dir in den nächsten drei Monaten kein Kleidergeld und dann gibst du Papa das Geld, wenn du ihn siehst. Dein Kleidergeld für drei Monate entspricht ungefähr dem Wert eines Einhorns.«

Sophie schluckte, während ihre Gedanken durch den Kopf rasten. So hatte sie sich das eigentlich nicht gedacht. Klamotten waren absolut notwendig, Einhörner nicht. Es wäre sehr bedauerlich, wenn ihre Mutter an diesem Vorschlag festhalten würde. Drei Monate ohne neue Klamotten waren einfach undenkbar. Schließlich wäre es ziemlich sinnlos, das Geld nach Afrika zu schicken, während sie hier total zum sozialen Außenseiter wurde, weil sie wie ein armer Schlucker aussah. Und außerdem sagte ihre Mutter immer, dass man sich nicht um die ganze Welt kümmern konnte, man sollte lieber bei sich selber anfangen. Sie erinnerte sich wieder an das schrillrote Stretchkleid in dem einen Kaufhausschaufenster und fand, dass ihre Mutter da wahrscheinlich Recht hatte.

»So hab ich das nicht gemeint«, knurrte sie, schob den Stuhl zurück und trug ihre Tasse zur Geschirrspülmaschine.

Ihre Mutter grinste. Sie richtete ein paar Mohnblumen aus

Pergamentpapier in einem Krug auf dem Fensterbrett wieder gerade. »Irgendwie hatte ich mir so was schon gedacht. Übrigens: Hast du dein Zimmer aufgeräumt oder nicht?«

»Mein Zimmer ist in Ordnung«, seufzte Sophie gehorsam und hoffte, dass ihre Mutter nicht unter das Bett schauen oder irgendeinen der Schränke zu öffnen versuchen würde. »Aber eigentlich sehe ich keinen Grund, warum fremde Leute in unseren Privatsachen herumschnüffeln dürfen. Können sie nicht unten im Laden bleiben wie alle anderen?«

Ihre Mutter sah sie geduldig an. »Liebling, das ist alles eine Frage des Stils«, erklärte sie. »Die Leute sehen sich gern an, wie die Dinge in der richtigen Umgebung wirken. Auf diese Weise kann man sie zu dem Kauf der gleichen Sachen überreden, denn dann wird ihr Zuhause genauso schön aussehen wie unseres.« Sie ließ einen zufriedenen Blick über die Küche schweifen, die entfernt an die auf einem toskanischen Bauernhof erinnerte – mit einer kleinen Prise Schmugglerhüttenatmosphäre obendrein.

Sophie ließ die Augen zum Himmel wandern. »Papa hat in seinem Brief geschrieben, dass die Leute, die in deinen Laden kommen, gar nicht zu schätzen wissen, wie …«

Vanessa ballte die Hände zu Fäusten und ihre Wangen erglühten in dem sehr eindrucksvollen Rot einer reifen Tomate. »Es interessiert mich nicht, was dein Vater schreibt!«, sagte sie in dem beherrschten Tonfall einer Frau, die ganz kurz vor dem Explodieren steht. »Ich habe mir genug von deinem Vater angehört, während ich mit ihm zusammengelebt habe. Da er jetzt gütigerweise 9 000 Kilometer weg ist, würde ich mir gern seine Meinungen ersparen, wenn es dir nichts ausmacht.«

»Na toll, warum schmeißt du ihn nicht gleich total aus deinem Leben raus? Dir ist er ja vielleicht völlig egal, du findest es auch ganz in Ordnung, wenn ihn niemand am Flughafen abholt, aber er ist mein Vater und ich bin stolz auf seine Arbeit!«

Vanessa zerknüllte das Abtrockentuch und lächelte Sophie müde an.

»Tut mir Leid, Schätzchen.« Sie seufzte. »Aber in den letzten acht Jahren blieb deine Erziehung an mir hängen, ich habe dich zu den besten Schulen geschickt und deine Ballettstunden bezahlt und dein Vater hat sich an den Kosten kaum beteiligt.«

Sophie wusste, dass ihre Mutter da Recht hatte. Sie wusste, sie hätte ihr eigentlich einen Kuss geben und in die Schule gehen sollen. Aber aus irgendeinem ihr unbekannten Grund wollte sie sich jetzt mit ihr streiten.

»Das hast du doch gar nicht für mich getan!«, fuhr sie Vanessa an. »Das hast du für dich getan. Damit du die richtigen Beziehungen kriegtest und die richtigen Leute kennen lernen konntest. Du hast schon seit Urzeiten nichts mehr mit mir unternommen, weil du nur noch an diesen bescheuerten Laden denkst!«

»Der bescheuerte Laden, wie du ihn nennst, verschafft uns ein Dach über dem Kopf und einen ziemlich angenehmen Lebensstandard«, entgegnete ihre Mutter aufgebracht. Einen Augenblick lang glänzten ihre Augen verdächtig und Sophie durchzuckten Gewissensbisse. Aber schon Sekunden später hatte sich ihre Mutter wieder zusammengerissen, den Kragen ihrer schwarzen Seidenbluse zurechtgerückt und ein strahlendes Lächeln aufgesetzt.

»Na, komm schon, Sophie! Lass die Miesepeterei! Nun mach doch wieder ein fröhliches Gesicht!«

Selbst wenn der Weltuntergang bevorstünde, würde meine Mutter immer noch lächeln, dachte Sophie. Aber sie würde den drohenden Zusammenbruch des Universums gar nicht mitkriegen, weil sie viel zu sehr mit Geldverdienen beschäftigt war.

»Warum machst du denn nicht deinen Brief auf?«, schlug Vanessa freundlich vor und beäugte den Umschlag oben in Sophies Mappe mit schlecht verhohlener Neugier. »Er sieht aus wie eine Einladung, ich wüsste wahnsinnig gern, wer sie dir geschickt hat.«

Oh nein, dachte Sophie. Auf gar keinen Fall. Sie schüttelte den Kopf und nahm die Schulmappe. »Es ist schon spät«, gab sie zurück, warf einen Blick auf ihre Armbanduhr und dabei wusste sie genau, dass ihre Mutter für den Rest des Tages von ihrer Neugier bezüglich des Briefes beherrscht sein würde. »Ich lese ihn in der U-Bahn.« Man durfte Mütter keinesfalls die Oberhand gewinnen lassen.

## Sophie Cross – Pech mit Jungs

Sophie lief die Fulham Road in Richtung U-Bahn-Station South Kensington entlang, betrachtete ihr Spiegelbild in den Schaufensterscheiben und überlegte, welcher schlecht beratene Direktor von der Bishops' Court sich eingeredet hatte, dass Gold und Lila eine gute Farbkombination für eine Schuluniform bildeten. Ihr war klar, dass sie nicht nur aus Ärger über die unersättliche Neugier von ihrer Mutter den Brief vor Vanessa nicht geöffnet hatte; sondern weil sie genau wusste, was in dem Umschlag steckte und wie ihre Mutter darauf reagieren würde. Ihr schauderte vor der ungezügelten Begeisterung, mit der ihre Mutter die Nachricht begrüßen würde, dass Annabel Winterton eine Party gab, besonders, weil Sophie überhaupt nicht die Absicht hatte hinzugehen.

Sophies Vater hatte einmal gesagt, dass jeder Mensch seine *bête noire* hätte, jemanden, der ihm absolut nicht passte und mit dem er überhaupt nicht klarkam, egal, wie sehr er sich bemühte. Annabel Winterton war Sophies *bête noire*, und zwar schon, seitdem sie beide damals in den Kindergarten gingen. Annabel hatte Sophie nicht erlaubt, beim Krankenhausspiel die Krankenschwester zu sein, sondern ihr eingeredet, sie würde mit verfaulenden Eingeweiden an irgendeiner schrecklichen Krankheit sterben. Sophie hatte sich dann gerächt und Annabel in den linken Knöchel gebissen und ihr mitgeteilt, dass Annabel sich jetzt auch eine Krankheit eingefangen hatte und innerhalb der nächsten paar Minuten sterben würde. Daraufhin war Annabel tränenüberströmt zu den Kindergärtnerinnen gerannt und Sophie durfte sich eine Woche lang nicht die Sesamstraße anschauen. Wenn man Annabel und Sophie in Ruhe gelassen hätte, wären sie sich aus dem Weg gegangen und hätten einfach so getan, als ob es die andere nicht geben würde. Aber ihre beiden Mütter hatten da leider ganz andere Vorstellungen.

Annabels Mutter hatte den Ehrgeiz, das schickste Haus von ganz Chelsea zu besitzen, und Sophies Mutter hatte es sich in den Kopf gesetzt, dass Claudia Winterton ihre schmiedeeisernen Kerzenleuchter, die Obstteller in Form von Bananenschalen oder die umbrische Keramik immer im »Töpferschuppen« kaufen sollte. Claudia hingegen war sich sicher, dass Mrs. Cross ihr im Falle einer Freundschaft zwischen Annabel und Sophie einen gehörigen Rabatt einräumen würde – denn das unablässige Neueinrichten der Wohnung (um mit den letzten Ausgaben von *Schöner Wohnen* Schritt halten zu können), war ziemlich teuer, selbst wenn der Ehemann der Winterton von *Winterton-Wolle* war. Vanessa wusste, wenn bekannt wurde, dass Claudia Winterton von *Winterton-Wolle* sich bei ihr immer Ratschläge für die Inneneinrichtung holte, wäre sie eine gemachte Frau. Dann musste sie in Zukunft keine langwierigen Diskussionen mehr mit dem Bankangestellten führen, damit er ihr den Überziehungskredit noch ein bisschen erhöhte.

Dieser für beide Seiten sehr befriedigende Plan ließ sich am leichtesten verwirklichen, wenn ihre Töchter Busenfreundinnen würden, und einige Jahre lang luden beide Mütter das jeweils andere Kind zum Kaffeeklatsch ein, schickten sie in dieselbe Ballettschule und warteten hoffnungsvoll darauf, dass sie beste Freundinnen wurden. Doch enttäuschenderweise vermittelten Sophie und Annabel noch nach drei Jahren den Eindruck, dass sie in ihrer Freizeit lieber mit einem Blut saugenden Vampir Händchen halten, als auch nur fünf Minuten in der Gesellschaft der anderen verbringen würden.

Während Sophie im U-Bahnhof mit dem Fahrstuhl bis hinunter auf ihre Ebene fuhr, zog sie das Kuvert aus ihrer Schulmappe. Sie warf einen Blick auf die Karte, obwohl sie den Text auswendig kannte.

---

Du bist durchgeknallt, du bist so cool, komm zu

*Annabel Wintertons Party*

**GANZ IN PINK!!!**

15. Geburtstag
am Samstag, dem 25. Oktober
Avenue Lodge, Oakforth Avenue, Pimlico
von 8 – ?!

*Dort geht es ab!
Also komm!*

---

Es hatte einmal eine Zeit gegeben, da hätte Sophie sich über jede Partyeinladung gefreut, sogar über eine von der widerlichen Annabel. Aber diesmal nicht. Ihr Stolz erlaubte ihr das nicht.

In der vorigen Woche hatte Annabel eine Mordsshow aus der Austeilung der Einladungen gemacht und Sophie hatte keine erhalten, was ungefähr das Erniedrigendste war, was man sich vorstellen konnte. Nicht etwa, dass sie wirklich gern zu der Party gegangen wäre, es war nur so beschämend, dass man sie nicht dazu eingeladen hatte.

Sie und ihre beste Freundin Amy hatten auf den Stufen zum Zeichensaal gesessen, als Annabel hereingeschwebt kam.

»Hi, Amy, hier ist deine Einladung!«, hatte sie mit einem klebrig-süßen Lächeln gesagt. »Es wird eine Ganz-in-Pink-Party sein, du musst was in Pink anziehen, beim Essen wird alles pink sein und mein Vater macht uns ganz tolle Drinks, die sind auch pink. Wir kriegen sogar eine Pink-Disko. Es wird irre-mega-super-toll.«

Sie hatte Amy den Umschlag gegeben und gegen ihren Willen hatte Sophie erwartungsvoll aufgeschaut.

»Oh, Sophie, ich hab ja gar nicht gesehen, dass du auch hier bist«, hatte Annabel gelogen. »Entschuldigung, aber du warst nicht auf meiner Liste. Ich habe nur meine Freundinnen eingeladen«, fügte sie gemeinerweise hinzu.

»So was Gemeines!« Amy hatte ungläubig den Mund aufgerissen, während Annabel im Zeichensaal verschwunden war. Sophie biss sich auf ihre Lippe, sie wusste, dass ihre Wangen flammend rot glühten, und versuchte verzweifelt so zu tun, als würde ihr das alles nichts ausmachen.

»Mach dir keine Sorgen«, sagte Amy tröstend und nahm sie in den Arm. »Ich werde noch mal zu ihr gehen und sie dazu überreden, dass sie dich einlädt. Sie ist mir eine Gefälligkeit schuldig, ich hab ihr letzte Woche ein Kleid gepumpt.«

»Bloß nicht!«, protestierte Sophie und versuchte den Klumpen in ihrer Brust zu ignorieren. »Ich geh doch nicht wo hin, wo man mich nicht will, und außerdem ist mir ihre blöde Party total egal. Ich konnte Annabel noch nie ausstehen, und schon gar nicht, wenn sie sich so wichtig macht und hinter Tim Bellinger her ist.«

»Ach, das steckt dann also dahinter?«, rief Amy aus, während ein Ausdruck des Begreifens über ihr Gesicht huschte. »Du bist immer noch in ihn verknallt, ja?«

»Nein, überhaupt nicht!«, erwiderte Sophie wütend, aber nicht sehr überzeugend.

»Ich hab nie kapiert, was da eigentlich los war!«, bemerkte Amy mit einem Stirnrunzeln. »Da will einer der tollsten Typen vom King-Henry-College mit dir gehen und du erzählst uns, dass er unglaublich süß ist, und plötzlich ist alles vorbei. Und das ist auch nicht zum ersten Mal passiert – was ist denn bloß los mit dir?«

Das wüsste ich auch gern, hatte Sophie gedacht, gerade als die Klingel zur dritten Stunde läutete. Es war schlimm genug, wenn der Freund auf einmal die Nase von einem voll hatte. Aber dass er dann auch noch Trost bei Annabel Winterton suchte! Sie hatte Tim wirklich gut leiden mögen, doch nachdem sie sich zum dritten Mal geweigert hatte, ihn zu küssen, hatte er nicht mehr angerufen und eine Woche später hatte Annabel verkündet, dass Tim sie ins Café *Rouge* eingeladen hatte. Drei Tage später trug sie sein Freundschaftsarmband. Das war nur ein weiterer Grund, warum Sophie sich wünschte, Annabel »Ich-finde-mich-selbst-ja-so-wunderbar«-Winterton würde endlich einen ganz langen Spaziergang auf einer ganz, ganz kurzen Seepromenade machen.

So was passierte ihr immer wieder. Viele Jungen wollten sich mit Sophie verabreden und jedes Mal begann sie die Beziehung mit allerhöchsten Hoffnungen. Aber wenn die Jungen dann im Kino Händchen halten wollten oder ihr feuchte Küsse auf die Lippen drückten, die sie zwanzig Minuten lang mit einer perfekten Mischung verschiedener Lippenstifte in die ideale Form gebracht hatte, dann fühlte sie dabei leider überhaupt nichts. Eigentlich wünschte sie sich sogar, die Jungs würden das bleiben lassen. Mit dem Ergebnis, dass die fraglichen Jungen durch ihren Mangel an Begeisterung enttäuscht und gelangweilt wurden und sie fallen ließen, um sich Mädchen zuzuwenden, die leidenschaftlicher waren. Sophie machte sich langsam ziemliche Sorgen, dass irgendwas mit ihr nicht stimmte.

Das wurde noch dadurch verschlimmert, dass alle ihre Freundinnen sich in verschiedenen Stadien von Verliebtheit befanden, und das bedeutete, dass Sophie nicht einmal Amy eingestehen konnte, dass sie diesen ganzen Knutschkram ziemlich erschreckend fand.

Ein langer Seufzer entfuhr ihr und Amy sah Sophie besorgt an.

»Egal«, sagte sie, als sie Sophies düsteren Gesichtsausdruck registrierte. »Wer hat denn jetzt Tims Stelle oben auf deiner Favoritenliste eingenommen?«

In jedem Schulhalbjahr stellten Sophie und Amy eine Favoritenliste der Jungen auf, die sie sympathisch fanden und hinter denen sie her waren. Das wurde zwar die Favoritenliste genannt, doch so viele Namen standen da gar nicht drauf. Aber wenn man dazu verdammt ist, auf eine Mädchenschule zu gehen, weil die Mutter noch irgendwo im finsteren Mittelalter steckt, dann ist einem fast jeder Kerl recht. Der einzige Vorteil von der Mädchenschule Bishops' Court war, dass ihr Grundstück an die Sportplätze vom King-Henry-College grenzte, und das war die Spitzenschule für Jungen in West-London. Jedes Jahr wurden in den Zeitungen die besten Zensurenlisten veröffentlicht. Dann war Sophies Schule ganz weit oben in Naturwissenschaften und

Informatik, was die Direktorin Mrs. Frobisher auf die Qualität der Pädagogik zurückführte, während alle Schülerinnen wussten, dass diese guten Noten nur zu Stande kamen, weil die Fenster der Fachräume von Informatik und den naturwissenschaftlichen Fächern zum Fußballplatz vom King-Henry-College zeigten. Je mehr naturwissenschaftliche Fächer man wählte, desto bessere Möglichkeiten gab es, die Knaben zu studieren.

»Ben Tarrant? Was ist mit Luisas Bruder?«, wollte Amy wissen. »Oder dieser himmlische blonde Typ mit den strammen Oberschenkeln, kriegst du bei seinem Anblick nicht auch Gänsehaut?«

Amy verbrachte viel Zeit mit Hinausschauen aus dem Biologiesaalfenster, deshalb wusste sie über die ganze Fußballmannschaft bestens Bescheid und das war auch der Grund, weshalb sie leider immer wieder eine miese Note in Biologie bekam.

Nein, dachte Sophie unglücklich. Anscheinend hab ich, was Gänsehäute angeht, nix zu bieten.

Sie zwang sich ein strahlendes Lächeln ins Gesicht. »Ach, ich weiß nicht, ja, vielleicht Ben«, sagte sie und nannte den Namen nur, um Amy endlich zum Schweigen zu bringen.

»Dann werde ich das mal managen, dass du auch zu der Party kommst!«, rief Amy triumphierend. »Da kreuzt der nämlich bestimmt auch auf. Er wohnt gegenüber von Annabel in derselben Straße.«

»Wag das bloß nicht!«, zischte Sophie. »Und das meine ich ernst, Amy – kein Wort zu Annabel. Versprichst du mir das?«

»Ich versprech es dir«, seufzte Amy. »Aber du wirst mir da fehlen.«

»Nein, bestimmt nicht«, gab Sophie zurück. Plötzlich war ihr zu Mute, als ob die ganze Welt, und nicht nur Annabel, sie überflüssig fand. »Du wirst flirten und tanzen und dich blendend amüsieren und bestimmt gar nicht merken, dass ich nicht da bin!«

Amy sah gekränkt aus. »Das stimmt nicht«, widersprach sie. Sie sah Sophie mit einem fragenden Gesichtsausdruck an. »Was ist bloß in letzter Zeit mit dir los? Du bist so anders, früher warst du viel cooler. Du hast dauernd Witze gemacht. Neuerdings denk ich manchmal, du würdest mir am liebsten den Kopf abreißen.«

Sophie lächelte, um Entschuldigung bittend, aber sie wusste, was Amy gesagt hatte, stimmte. Sie fühlte und dachte jetzt in vielem anders als früher und wusste nicht warum. Alles, was sie früher mal toll gefunden hatte – wie Partys oder das Durchsuchen des Schmuckkästchens ihrer Mutter nach Ohrringen oder das Telefonieren mit ihren Freundinnen, um sich über Klamotten zu unterhalten –, erschien ihr jetzt plötzlich langweilig und doof. Einerseits wollte sie zu der Clique dazugehören, und wenn sie dann dabei war, wäre sie am liebsten irgendwo anders gewesen. An einem Tag fühlte sie sich völlig o. k. und war glücklich wie früher und am nächsten Tag fühlte sie sich, na ja, nicht richtig unglücklich, aber so, als ob sie auf irgendetwas wartete, von dem sie nicht wusste, ob es passieren würde, etwas, was plötzlich ihr Leben verändern würde. An solchen Tagen war sie empfindlich und leicht beleidigt, auch bei ihren Freundinnen, und stritt sich mit ihrer Mutter, als ob sie keine andere Wahl hätte.

Jetzt schob sie die Einladung wieder in ihre Mappe, während die U-Bahn hielt. Sophie hätte am liebsten geweint.

Sie konnte einfach nicht glauben, dass Amy ihr Wort gebrochen und Annabel um eine Einladung gebeten hatte. Bestimmt sah Sophie nun wie die letzte Trutsche aus. Annabel freute sich garantiert wahnsinnig darüber, wenn sie jetzt aller Welt erzählen konnte, dass Sophie Cross sich so verzweifelt nach Einladungen sehnte, dass sie schon darum bettelte, und Tim würde davon hören und glauben, sie wäre total unglücklich. Sophie wurde richtig übel bei dem Gedanken an all das Getratsche, das jetzt hinter ihrem Rücken losging. Und sie hatte Amy für ihre Freundin gehalten! Aber das würde sie ihr nicht durchgehen lassen. Sie würde Amy genau sagen, was sie von ihr hielt!

Während sie sich durch die wartenden Menschen in das Abteil drängelte und nur knapp dem herumirrenden Regenschirm von einer großen Frau entging, der ihr fast das Auge ausgepikt hätte, traf sie eine Entscheidung. Auf gar keinen Fall würde sie zu der Party gehen, aber gleichzeitig durften ihre Freundinnen auch nicht denken, dass sie derweil wie ein Unglückswurm zu Hause herumhockte. Sie würde ihnen vortäuschen, dass sie etwas viel Aufregenderes vorhatte, als sich wie ein Marshmallow zu verkleiden und rosa Kekse und Chips zu essen. Sie würde sie glauben machen, dass ihr Leben einen ganz rasanten Aufschwung genommen hatte.

Jetzt musste sie sich nur noch überlegen, wie sie das anfangen wollte.

# Es wird immer schlimmer

Erst als Sophie am Leicester-Square umstieg, fand sie einen Sitzplatz. Sie ließ sich dankbar niedersinken und holte ihr Buch – »Mansfield Park« – aus der Mappe. Sie hätte am vergangenen Abend eine Charakterskizze von Fanny Price verfassen sollen, doch stattdessen hatte sie sich einen Fernsehkrimi angeschaut und ihre Zehennägel in den neuesten Farben lackiert. Als Ergebnis davon war die Seite neunundzwanzig von ihrem Buch mit Eisbergblau und Saphirglanz bespritzt und der Aufsatz umfasste nur vier Sätze und einen Klecks von Schwüllila.

Englisch war Sophies Lieblingsfach und sie konnte sich mit den Schwierigkeiten der Hauptfigur völlig identifizieren:

*Ihre Gefühle waren sehr heftig und niemand verstand sie und konnte auf sie eingehen. Niemand war absichtlich unfreundlich zu ihr, aber keiner war ausdrücklich um ihr Wohlergehen besorgt.*

»Du und ich, wir beide«, murmelte Sophie und zog mit ihren Zähnen die Kappe ihres Füllers ab. Dann kritzelte sie »Fanny wurde von ihren Verwandten nicht verstanden« auf einen Zettel. Bestimmt würde sie Mrs. Cramp leicht davon überzeugen können, dass sie den gesamten Abend dazu verwandt hatte, Jane Austens Wahrnehmungsfähigkeit zu untersuchen – sie musste nur darüber schreiben, wie man sich als Außenseiterin fühlte.

Das war's – genau so war es ihr in letzter Zeit ergangen, als ob sie nirgendwo dazugehörte. Der Gedanke traf sie so unvermittelt, dass sie mitten im Satz zu schreiben aufhörte. Nicht etwa, dass Sophie ihre Mutter nicht geliebt hätte, und natürlich wusste sie, dass die sie auch liebte, aber manchmal erschien ihr das Leben ihrer Mutter hohl und sinnlos und Sophie fragte sich, wie wichtig sie eigentlich überhaupt noch für ihre Mutter war, verglichen mit Geldverdienen und ihrer Arbeit, den Leuten zu verklickern, welche Lampen sie auf ihr Klo hängen sollten.

Alle Freundinnen von Sophie fanden eine Mutter phantastisch, die, beladen mit exotischem Kram für das Zimmer ihrer Tochter, von Messen wiederkehrte. Aber in letzter Zeit war Sophie klar geworden, dass sie lieber eine Mutter gehabt hätte, die Sekretärin oder Frisörin war. Jedenfalls irgendeinen Beruf hatte, der ihr auch noch Zeit für etwas anderes ließ, als das Land nach amerikanischer Volkskunst zu durchsuchen oder irgendwelche vergammelten Statuen für einen Patio zu finden. Dann hätten sie sich vielleicht auch mal richtig unterhalten können.

Mrs. Cross war der Ansicht, wenn man Probleme ignorierte, würden sie verschwinden, und wenn man immer lächelte, wäre man automatisch nicht mehr traurig. Sie gehörte zu den Müttern, die fröhliche Liedchen sangen, obwohl sie keine Tonart halten konnten, während sie die Briefe von der Bank öffneten, und die einem immer erzählten, man sollte sich auf die positiven Dinge des Lebens konzentrieren und sich über das freuen, was man hatte. Selbst wenn Sophie ihrer Mutter ihre Gefühle hätte erklären können, hätte diese Mutter sie einfach beiseite geschoben.

»Das ist dein Alter, Liebling«, würde Vanessa bei solchen Gelegenheiten bemerken, als ob damit alles geklärt wäre:

Pickel am Kinn und die Sorge, dass man sich vielleicht niemals im Leben verlieben würde. Obwohl Sophie wusste (weil so was in ihren Lieblingsillustrierten stand), dass ihre Mutter vielleicht Recht hatte, half ihr das auch nicht wesentlich weiter. Wenn sie es nicht auf die Pubertät schob, dann machte Vanessa das Wetter, zu viel Junk Food oder zu wenig Schlaf für Sophies Launen verantwortlich. Und als ob das noch nicht genug wäre, musste sich Sophie auch noch mit Vanessas Ansichten über Jungen auseinander setzen.

Die meisten ihrer Freundinnen stöhnten unablässig, dass ihre Mütter sich äußerst dämlich benahmen, wenn man mit einem richtig tollen Typen ging. Sie lagen einem dann dauernd mit irgendwelchen schrecklichen Warnungen in den Ohren, dass man sich nicht zu sehr verlieben sollte und dass Liebesaffären von Teenagern große Gefahren in sich bergen würden. Sophies Mutter benahm sich da ganz anders. Sie hatte ein auffallend inniges Interesse am Liebesleben ihrer Tochter und führte sich jedes Mal wie verrückt auf, wenn Sophie den Fehler machte und einen Jungen mit nach Hause brachte. Es ist zwar eine altbekannte Tatsache, dass alle Eltern die Kunst perfekt beherrschen, wie sie ihre Kinder ordentlich in Peinlichkeiten bringen können, aber Sophie fand, dass niemand ihrer Mutter da das Wasser reichen konnte. Vanessa schaffte es nie, nach einem Begrüßungs-Hallo und dem Spendieren von ein paar Flaschen Cola einfach unauffällig zu verschwinden. Nein, ihre Mutter kam mit Tellern voller Chips und Stinkekäsehäppchen auf Crackern pausenlos ins Zimmer gesegelt und stellte so viele Fragen, dass es für den Jungen leichter gewesen wäre, eine Demo-Videokassette herzustellen und damit alles zu beantworten. Am nächsten Morgen saß die Mutter dann immer am Frühstückstisch und schwatzte herum, was für ein netter Junge das wäre, und wollte wissen, welche Gefühle Sophie wohl für ihn hegte und wann sie ihn wieder sehen würde, und immer wenn Sophie gerade ausflippen und ihr sagen wollte, sie solle sich gefälligst um ihren Kram kümmern, kam sie endlich zum eigentlichen Thema.

»Sein Vater, Liebling«, sagte ihre Mutter dann und tat so, als würde sie aufmerksam ihren Serviettenring betrachten, »das ist nicht zufälligerweise der Lyall von *Lyall-Acrylfarben*, hm? Was willst du damit sagen, dass du das nicht weißt? Dann frag ihn doch mal, Liebling. Er wäre eine sehr nützliche Ergänzung meiner Kundschaft.«

Sophie befürchtete, dass ihre Mutter nicht nur eine geachtete Unternehmerin und erfolgreiche Geschäftsfrau war, sondern auch so etwas wie ein Snob. Manchmal schien es, als ob sie sich mehr für Sophies Bekannte interessierte als Sophie selbst. Als Sophie damals mit Tim Bellinger Schluss machte, dessen Mutter gerade sechs Keramikhexen bestellt hatte, benahm sich ihre Mutter, als ob Sophie den Prinz von Wales in die Themse geschubst hätte.

Sophie wusste nicht genau, wie ihr Leben später mal aussehen sollte. Aber sie war sich ziemlich sicher, dass es nicht das Leben war, das ihre Mutter führte. Sie war sich ziemlich sicher, dass ihr Vater sich niemals darum kümmern würde, ob der beste Freund seiner Tochter der Sohn eines Fabrikdirektors oder eines Milchmannes war. Aber ihr Vater verbrachte sein Leben auch mit sinnvoller Arbeit und nicht, indem er sich über granatapfelrote Schaufensterdekorationen Sorgen machte. Wenn er jetzt nach Hause kam, würde sie wenigstens jemand Vernünftigen haben, mit dem sie ihre Probleme bereden könnte.

Das wäre ja alles nicht so schlimm, dachte sie, als die U-Bahn weiterschlingerte, wenn nicht alles in der Schule so stinklangweilig wäre. Die Bishops' Court war ja ganz in Ordnung, aber die meisten Schülerinnen waren furchtbar reich und der einzige Grund, weshalb Sophie dorthin ging, war die Überzeugung ihrer Mutter, sie würde dort in Kontakt mit den richtigen Leuten kommen. Da Sophie ziemlich intelligent war, hatte sie ein halbes Stipendium erhalten und das bedeutete, dass sie nur die Hälfte des Schulgeldes bezahlen mussten. Sophies beste Freundin Amy Darby war wirklich sehr nett, aber sie lebte ein Leben, von dem Sophie nur träumen konnte. Sie flog zweimal im Jahr in die französischen Alpen zum Skilaufen und verbrachte die Wochenenden im Sommer auf der Segeljacht oder auf dem Landsitz ihrer Eltern, wo sie auf einem ihrer Ponys ausritt.

Sophies Wochenenden schienen im Gegensatz dazu ziemlich trübe. Der Laden war auch samstags und sonntags geöffnet, und wenn sie nicht irgendwas Besonderes unternahm, dann musste sie Keramiksachen auspacken und die doofen Kundinnen höflich bedienen, die in den Laden kamen und Ewigkeiten brauchten, bis sie sich zwischen einer lila Raupenkerze und einem orangefarbenen Schwimmlicht entschieden hatten.

Jeden Montag hörte sie ihren Freundinnen zu, die von Pferderennen und Turnieren und Tennispartys erzählten und von den tollen Typen, die sie angebaggert hatten. Obwohl Sophie sie mit dem Nachäffen von komischen Kundinnen zum Kichern brachte, wusste sie, dass die anderen ihr Leben ziemlich langweilig fanden. Sophie war zwar nicht verrückt nach diesem ganzen Nobelzeug und Schickeriakram, aber sie hätte auch mal ganz gern von irgendetwas Aufregenderem erzählt.

Sie seufzte und klappte ihr Buch zu. Die U-Bahn hielt und viele Schüler und Schülerinnen von beiden Schulen schoben und drängelten sich herein und brüllten herum. Jetzt waren es nur noch zwei Haltestellen bis Hampstead und sie hatte immer noch nicht genug geschrieben, um Mrs. Cramp zufrieden zu stellen. Sie konzentrierte sich auf eine außerordentlich gefühlsbetonte Beschreibung von Fannys erster Begegnung mit ihrem Cousin Edmund und überlegte dabei, dass ihre Hormone vielleicht auch besser funktionieren würden, wenn sie so einen Edmund finden könnte. Plötzlich knallte ein Bein in einer Hose gegen ihr Knie und ihr Buch und die Zettel flogen durch die Luft.

»He!«, protestierte sie und beugte sich nach vorn, um ihre zerknitterten Zettel wieder einzusammeln. Ein Doc-Marten-Schuh stand auf dem Abschnitt mit ihren innigsten Gefühlen. »Würdest du wohl mal bitte?«

Der Doc Marten und das Bein bewegten sich. »Oh, tut mir Leid!«, sagte eine ziemlich vertraute, lieblich samtige Stimme. »War das mein Fehler?«

»Jawohl!«, schimpfte Sophie, fischte ihren jetzt etwas schmuddeligen Aufsatz vom Boden und wischte mit der Hand darüber, ohne dass er dadurch besser ausgesehen hätte. Mrs. Cramp würde einen Anfall kriegen. Sophie hätte am liebsten losgeheult.

Sie schob die Papiere in ihre Mappe und sah hoch, bereit, dem Schuldigen ihren mörderischsten Blick zuzuwerfen.

»Dafür hab ich Urzeiten gebraucht«, fing sie an. Und dann blieben ihr die Worte im Halse stecken.

Über ihr an einem Haltegriff hing Tim Bellinger und grinste sie frech an. »He, nun raste doch nicht aus, Sophie!«, sagte er mit einem verächtlichen Ton in der Stimme. »Ist doch nur 'ne Hausaufgabe – kein Grund zur Aufregung.«

Zwei Kumpel standen bei ihm und lachten.

»He, Tim«, sagte der größere der zwei und knuffte ihn in die Seite. »Sie macht sich wegen ihren Hausaufgaben mehr Sorgen als jemals wegen dir!«

Sophie spürte, wie ihre Wangen knallrot anliefen. Sie sah den Tintenfleck auf ihrem Daumen und ihrem Zeigefinger und wusste, dass sie ihr ganzes Lipgloss abgeknabbert hatte, während sie darüber nachdachte, was sie schreiben sollte. Als sie damals Schluss machten, hatte Tim ihr vorgeworfen, sie wäre immer zu genervt und man könnte deshalb mit ihr nie richtig Spaß haben; jetzt würde er sie bestimmt für eine rotgesichtige dumme Kuh halten, die sich wegen eines Englischaufsatzes fürchterlich aufregte. Sich über irgendeine Schularbeit aufzuregen war fast genauso uncool, als wenn man nicht küssen konnte.

»Ist schon okay«, plapperte sie und suchte in ihrem Hirn verzweifelt nach einer geistreichen Bemerkung. »Das ist doch sowieso egal.«

Die Bahn hielt an der Haltestelle Hampstead und Sophie stand auf, riss die Augen auf und lächelte strahlend. »Englisch ist eh ein blödes Fach!«, sagte sie und hoffte, dass sich das ganz cool und lässig anhörte.

Tim hob seinen Rucksack auf, warf ihn sich über die Schulter und sprang aus dem Wagon. Sophie folgte und hoffte verzweifelt, dass sie zusammen den Hügel hochgehen würden.

»Du bist eine Freundin von Annabel, nicht wahr?«, fragte er wie nebenbei.

Freundin ist eine ziemliche Übertreibung, dachte Sophie. »Na ja«, sagte sie unverbindlich und hätte wahrscheinlich auch zugegeben, dass sie innigste Beziehungen zu Dracula unterhielt, falls das bedeutete, dass sie wieder mit Tim reden konnte.

»Tu mir einen Gefallen«, sagte Tim, »und gib ihr das, wenn du sie in der Schule triffst. Sag ihr, ich bin bei einem Auswärtsspiel, ich kann mich deshalb erst später mit ihr treffen.«

Er drückte ihr einen Brief in die Hand. »Oh, und sag ihr, sie soll sich keine Sorgen machen…«

Jetzt fuhr die Bahn gerade wieder an und Sophie konnte in dem Lärm seine letzten Worte nicht mehr verstehen.

»Bis dann«, sagte Tim rasch und rannte davon, um seine Kumpel beim Lift einzuholen.

Sophie rutschte das Herz in die Hose. Sie hatte sich wie eine totale Trottelin vor Tim aufgeführt und jetzt sollte sie auch noch die Botin zwischen ihm und ihrer verhassten Feindin spielen. Sie überlegte, ob das jetzt vielleicht der geeignete Zeitpunkt wäre, um sich unter einen Zug zu schmeißen.

## Sophie schlägt zu

»He Sophie! Rate mal, was passiert ist?« Amy kam mit wippendem goldblondem Pferdeschwanz auf ihre Freundin zugerannt, als Sophie das Klassenzimmer betrat.
»Du hast dein Versprechen gebrochen, das ist passiert!«, zischte Sophie und ließ den Blick im Raum herumwandern, um sich zu vergewissern, dass Annabel außer Hörweite war.
»Wie konntest du mir das antun?«
Amy riss die Augen auf und wich zurück. »Dir was antun?«
»Das weißt du ganz genau«, erwiderte Sophie. »Du hast dafür gesorgt, dass ich wie eine totale Idiotin dastehe. Ich kann einfach nicht glauben, dass du das tatsächlich gemacht hast!«
»*Was* soll ich getan haben?«, wiederholte Amy. »Wovon redest du eigentlich?«
Sophie zog die Einladung aus ihrer Tasche und wedelte damit vor Amys Gesicht herum.
»Du hast Annabel überredet, mir so was zu schicken«, sagte sie. »Dabei hattest du mir doch versprochen, dass du kein einziges Wort sagen würdest. Und ich hab dich für meine Freundin gehalten!«
Amy starrte sie an. »Ich bin deine Freundin!«, brüllte sie und dann senkte sie ihre Stimme, als Sarah Weston und Kate Church im Klatschen innehielten und sie fasziniert anstarrten. »Obwohl ich sagen muss, dass es von Tag zu Tag schwieriger wird – besonders wenn du mir Dinge unterstellst, die ich gar nicht getan habe.«

Leise Zweifel schlichen sich bei Sophie ein, aber jetzt konnte sie nicht mehr aufhören. »Ach, du willst also sagen, dass Annabel einfach ihre Meinung geändert hat, ja?«, fauchte sie. »Sie wachte einfach eines Morgens auf und dachte: ›Ach herrjeh, ich kann doch nicht einfach eine Party ohne Sophie Cross feiern. Ich muss ihr noch eine Einladung schicken.‹ Mach mir doch nichts vor!«

Amy machte den Mund auf und wollte protestieren, aber nun konnte Sophie nichts mehr zurückhalten. »Wegen dir stehe ich jetzt wie ein kompletter Dummbeutel da«, knurrte sie. »Annabel will mich nicht auf ihrer Party – sie kann mich nicht ausstehen!«

Sie unterbrach sich, als Amy eine Grimasse schnitt und mit dem Kopf in die Richtung von Sophies linker Schulter zeigte.

»Da hast du beide Male Recht.«

Sophie wirbelte herum und stand direkt vor Annabel, die sich wieder einmal über die Schulregeln hinweggesetzt hatte und Mascara, Konturenstift und ein paar absolut abgefahrene Halbmondohrringe aus Reinkieseln trug. Annabel schleuderte eine aschblonde Lockensträhne über ihre Schulter und blickte Sophie durch schmale Augenschlitze an.

»Du hast völlig Recht, ich will dich da nicht und ich kann dich auch nicht ausstehen!«, sagte sie.

Sophie schluckte, sie hatte gemerkt, dass inzwischen eine Gruppe von Mädchen die Szene mit wachsendem Interesse verfolgte.

»Und warum hast du mich dann auf einmal so plötzlich doch noch eingeladen?«, fragte sie und versuchte ihre Lautstärke unter Kontrolle zu behalten. »Weil Amy dich dazu überredet hat – stimmt's?«

Annabel warf ihr einen Blick zu, der sie in Stein verwandeln sollte. »Amy? Überhaupt nicht«, sagte sie von oben herab. »Meine Mutter hat sie geschickt, wenn du's unbedingt wissen willst, und wenn ich rechtzeitig gewusst hätte, was sie vorhatte, hätte ich sie mit aller Macht daran gehindert. Selbst wenn das Ärger mit deiner Mutter bedeutet hätte.«

Sophie hörte, wie sich ein leises Kichern rings um sie herum ausbreitete. Annabel merkte, dass sie ein Publikum hatte, und versetzte ihr jetzt den Todesstoß.

»Meine Mutter hat gesagt, als sie in eurem Laden war«, sie sprach das Wort *Laden* so aus, als ob es sich auf eine kleine Hütte an einem einsamen Strand bezog, »wäre ihr deine Mutter fürchterlich auf die Nerven gegangen und hätte sie praktisch um eine Einladung für dich zu meiner Party angefleht. Und weil meine Mutter so unglaublich gutmütig ist, hat sie nachgegeben. Wenn du also am Samstag kommst, dann denk dran, dass du nur da bist, weil meine Mutter zu höflich war, Nein zu sagen.«

Sophie hätte sich am liebsten übergeben. Ihr war zum Heulen, sie wollte weglaufen und sich verstecken. Sie hätte auch wahnsinnig gern ihre Mutter umgebracht.

»Mach dir bloß keine Sorgen!«, platzte sie heraus. »Ich werde garantiert am Samstag nicht kommen. Ich hab was viel Spannenderes zu tun, als bei irgendeiner blöden, langweiligen, beschissenen ...«

»SOPHIE CROSS!« Die entrüstete Stimme von Mrs. Cramp unterbrach Sophies Schimpfkanonade. »Du wirst innerhalb dieser Wände gefälligst keine vulgären Wörter benutzen! Du wirst morgen nach dem Unterricht eine Stunde nachsitzen.«

»Aber Mrs. Cramp …«, fing Sophie an, die sonst ihre Englischlehrerin um den kleinen Finger wickeln konnte.

»Kein Aber«, widersprach Mrs. Cramp. »Und jetzt sollten wir uns vielleicht wieder mit der sehr viel höflicheren Sprache von Jane Austen beschäftigen.«

Annabel wirkte höchst zufrieden. Sophie sah sie wütend an, ließ sich auf ihren Stuhl fallen und wäre am liebsten in den Boden versunken, ihretwegen auch durch die Dielenbretter.

Während Mrs. Cramp ihre Lesebrille auf die Nase klemmte und ihre formlose moosgrüne Wolljacke über den nicht vorhandenen Busen zog, beugte sich Amy über den Gang zu Sophie hinüber.

»Was für ein Pech aber auch, mit dem Nachsitzen«, flüsterte sie.

Sophie zuckte die Achseln.

»Wolltest du wirklich etwas Tolles am Samstag unternehmen?«, fragte Amy. Sie gab sich große Mühe, den Streit von vorhin wieder gutzumachen.

»Ja«, antwortete Sophie knapp.

»Was denn?«, fragte Amy.

»Was geht dich das an?« Sophie versuchte immer noch sich etwas Überwältigendes einfallen zu lassen.

Amy sah sie zornig an. »Ich wollte ja nur nett sein«, sagte sie. »Obwohl du mir unterstellt hast, ich hätte mein Versprechen gebrochen. In Zukunft werde ich dir nicht mehr zur Last fallen.«

Sophie wollte sich daraufhin entschuldigen, aber Mrs. Cramp ließ das Lineal auf ihr altes Pult niederknallen und forderte eine eingehende Diskussion des komischen Elements in dem Roman »Mansfield Park«. Erst als Mrs. Cramp den Abschnitt der Handlung erwähnte, wo Fanny sich niedersetzt, um einen langen Brief an ihren Bruder zu schreiben, fiel Sophie wieder ein, dass sie immer noch Tims Brief an Annabel hatte. Ach du lieber Gott. Zu dumm. Vielleicht war der ja wichtig. Vielleicht war er sogar lebenswichtig. Und wenn schon. Vielleicht würde sie ihn noch für ein paar Stündchen einfach vergessen.

Schließlich schuldete sie Annabel Winterton überhaupt keinen Gefallen.

## Es ist für di-hich!

Sophie stieß die Tür vom »Töpferschuppen« auf und ließ die malaiische Windharfe, die ihre Mutter zum Sonderangebot des Monats erkoren hatte, hektisch bimmeln. Es war ein schrecklicher Tag gewesen. Amy hatte fast kein Wort mehr mit ihr geredet und jedes Mal, wenn Annabel vorbeikam, hatte die mit lauter Stimme über Diskos und Geburtstage gequakt und dass einige Leute reineweg alles tun würden, um zu einer Winterton-Party eingeladen zu werden. Sophie kam es vor, als ob die Hälfte der Klasse ihr seltsame Blicke zuwarf. Und das war alles die Schuld ihrer Mutter.

Und als ob das nicht schon gereicht hätte, regnete es auch noch heftig, als sie den U-Bahnhof verließ, und jetzt hing ihr Haar klatschnass am Kopf, Wassertröpfchen liefen an ihrer Nase herunter und alles roch grässlich nach Haarfärbemittel und Haargel. Während sie die Fulham Road entlangeilte, konnte sie sich in einer Schaufensterscheibe sehen und fand, dass sie ungefähr erst wie elf aussah und so bescheuert, wie man es sich schlimmer gar nicht vorstellen konnte. Das hatte ihre allgemeine Laune überhaupt nicht gebessert.

»Oh, Liebling, du bist es!« Sophies Mutter hatte die Windharfe gehört und war hinter einem Aufbau von geschnitzten Kerzen aufgetaucht. Jetzt strahlte sie ihre Tochter an. »Ich wollte gerade …«

»Ich nehme an, du weißt, wie total du mir mein Leben zerstört hast!«, wütete Sophie los. »Was hast du dir dabei eigentlich gedacht? Wie konntest du mich bloß derart erniedrigen?«

Vanessas Augen weiteten sich. »Liebling, ich …«

»Alle lachen sich über mich tot. Amy redet nicht mehr mit mir und alles ist nur deine Schuld!«

»Sophie!« Die Stimme ihrer Mutter hatte einen warnenden Unterton, aber Sophie war viel zu wütend, um den zu beachten.

»Was du getan hast, war so was von oberpeinlich! Hast du denn gar keinen Stolz? Wie kannst du mich nur wie eine Trottelin dastehen lassen?«

Vanessa warf einen ängstlichen Blick in den hinteren Teil des Ladens.

»Na?« Sophie ließ nicht locker. »Sag doch was!«

Aus dem hinteren Teil des Ladens ertönte ein höfliches Hüsteln. Hinter einer Glasvitrine schaute eine kleine stämmige afrokaribische Frau hervor, die ein rot-weißes Kleid trug. Auf ihrem Gesicht lag ein leicht amüsierter Ausdruck.

»Oh, entschuldigen Sie bitte«, zwitscherte Vanessa, sah Sophie wütend an und eilte dann zu der Frau hinüber.

»Wollten Sie etwas davon kaufen? Oh, dann muss ich Ihnen aber sagen, dass Sie wirklich einen tadellosen Geschmack haben – es sind nämlich Lampenständer von Judy Joplin, müssen Sie wissen. Welchen möchten Sie denn gern, den Troll? Den Zauberer? Oder vielleicht ...«
Die Frau warf den Kopf in den Nacken und lachte laut auf. »Oh meine Göttin, du liebes bisschen, nein, danke«, sagte sie und schlug sich mit den großen beringten Händen unter noch größere Brüste. »Alle diese Sachen sind wunderschön, aber viel zu teuer für mich. Nein, ich will das hier kaufen.«

Sie gab Vanessa zwei Glückwunschkarten. Mrs. Cross verbarg ihre Enttäuschung und ging hinüber zur Kasse. Sophie stand immer noch beleidigt beim Tresen, fummelte mit ein paar Papierbeschwerern herum und tat überhaupt nichts, um die Atmosphäre von edlem, gutem Geschmack zu verstärken, die Vanessa so verzweifelt aufrechterhalten wollte.

»Sophie, mein Schätzchen«, sagte Vanessa durch zusammengebissene Zähne, »warum gehst du nicht hoch und setzt das Teewasser auf?«

Sophie hätte lieber was ganz anderes gemacht als Teewasser aufgesetzt, aber selbst auf dem Höhepunkt ihrer schlechten Laune wusste sie, dass man sich vor einer Kundin nicht so gehen lassen durfte.

»Ich bin mit dir noch nicht fertig, Mama«, sagte sie mit geheuchelter Höflichkeit.

Vanessa war durch jahrelange Übung eine Expertin in Verzögerungstaktiken geworden und setzte jetzt ihr liebevoll besorgtes Muttergesicht auf. »Ich komme hoch, sobald ich geschlossen habe«, sagte sie, steckte die Karten in eine Papiertüte und lächelte ihre Kundin an. »Und dann kannst du mir in Ruhe erzählen, was nicht stimmt.«

»Als ob du das nicht wüsstest!«, knurrte Sophie und stürmte die Treppe zur Wohnung im ersten Stock hoch.

Gegen ihren Willen entfuhr Vanessa ein kleiner Seufzer. Ihre Kundin kicherte leise.

»Ach du liebes Lottchen!« Sie lachte. »Teenager! Die sind doch überall gleich! Was können Sie bloß Schreckliches gemacht haben?«

»Ich nehme an«, sagte Vanessa trocken, »ich habe falsch geatmet.«

Sophie riss die Tür zu ihrem Zimmer auf und warf ihren Rucksack auf das Bett. Sie schnüffelte. Die Luft waberte von Moschusparfüm und Sophie schleuderte wütend die Schuhe von den Füßen. Es war schlimm genug, dass ihre Mutter Kundinnen in ihrem Zimmer herumführte, da brauchte es hinterher nicht auch noch so nach ihnen zu stinken.

Sie sah sich kritisch im Zimmer um. Keine einzige Illustrierte lag mehr auf dem beigefarbenen Teppich und auf den Kommoden und den Tischen sah es ungewöhnlich aufgeräumt aus. Ihr Poster an der Wand war verschwunden und stattdessen hing dort ein albern verzierter Spiegel in der Form von einem Regentropfen. Ich glaube, es ist höchste Zeit, dass ich meiner Mutter ein für alle Mal zeige, wo's langgeht, dachte Sophie, riss die oberste Schublade auf und warf Puderdosen und Cremetöpfe auf den Tisch.

Sie schmiss ihre Illustrierten und Bücher wieder auf den

Boden neben ihr Bett und pinnte das Poster über den Schreibtisch. Zufrieden stellte sie fest, dass ihr Zimmer jetzt nicht mehr wie der Ausstellungsraum von einem exquisiten Möbelgeschäft aussah. Dann schlüpfte sie aus ihrer Schuluniform und zog weiße Jeans an. Auf einmal schrillte das Telefon neben ihrem Bett. Sie griff nach dem Hörer und klemmte ihn unter das Kinn, während sie gleichzeitig den Gürtel zumachte.

»He, Sophie? Ich bin's, Livi!«

Schon in dem Augenblick, als sie Livis Stimme hörte, ging es Sophie wieder etwas besser. »Livi! Toll, dass du mal von dir hören lässt – wie geht's dir?«

»Ich langweile mich zu Tode, werde dick, pickelig und krieg auch bald meine Tage – und wie geht's dir?«

Sophie kicherte. Sie kannte Livi Hunter erst seit ein paar Monaten, seitdem ihre Mutter – die nahezu berühmte Judy Joplin – ihre Keramikkunstwerke an den »Töpferschuppen« verkaufte, aber ihr war so, als wären sie schon seit Ewigkeiten miteinander befreundet. Sie konnten sich über absolut alles unterhalten, nicht nur über Jungen und Musik und den letzten Film, den sie gesehen hatten, sondern auch über wirklich ernsthafte Themen wie doofe Eltern und Damenschnurrbärte und die erstaunliche Tatsache, dass alle anderen scheinbar immer wussten, was sie aus ihrem Leben machen wollten, während Livi und Sophie noch nicht die leiseste Idee hatten. Der einzige Nachteil an dieser Freundschaft war die Entfernung zwischen Sophie und Livi, die in dem eine ganze Fahrstunde entfernten Leehampton wohnte, und so konnten sie sich nur an Wochenenden oder in den Ferien treffen. In der Zwischenzeit hatten beide Mütter festgestellt, dass einzig und allein die zwei Mädchen für den Gewinnanstieg bei der britischen Telekom verantwortlich waren.

»Mir geht's gut«, sagte Sophie automatisch. Dann fiel ihr ein, dass sie bei Livi nicht so tun musste, als ob. »Na ja, eigentlich geht's mir nicht gut. Ich hab die Schnauze voll und könnte meine Mutter umbringen.«

Und dann erzählte sie ihrer Freundin die ganze Geschichte von Annabel und der Party.

»Die hört sich wie eine echte Schnepfe an«, kommentierte Livi. »Du gehst doch da nicht hin, oder?«

»Da hast du völlig Recht! Ich wünschte, du würdest in unserer Nähe wohnen, dann könnten wir uns stattdessen einen Diskoabend machen.«

»Das fände ich auch super«, sagte Livi. »Du hast vielleicht ein Schwein, dass du in London wohnst. Es war einfach toll, als wir zusammen im *Manic Max* waren – so was Megacooles gibt's hier bei uns nicht.«

Das war eine der Sachen, die Sophie an Livi so mochte – man konnte ihr so leicht eine Freude machen. Als Livi sie an den beiden letzten Ferientagen besucht hatte, war sie fast ausgeflippt über das *Planet Hollywood*-Restaurant und die Portobello Road, und dann hatte sie sich endlos über ein Halsband aus Lederschnüren und einen roten Häkelschal begeistern können, die sie auf dem Markt in Covent Garden gefunden hatten, so wie die meisten von Sophies Freundinnen über ein neues Designeroutfit ausflippen konnten. Sogar völlig alltägliche Dinge wie ein frisch getoastetes französisches Baguette aus der *Baguetterie* oder Leute begucken bei *Harvey Nicks* machten Livi wahnsinnig viel Spaß. Aber das Beste von allem war die totale Offenheit, mit der sie sich alles erzählen konnten, auch die schlimmen oder peinlichen Dinge. Livis Vater hatte seine Familie verlassen und lebte jetzt mit einer Rosalie zusammen und Livi hatte sich mal in einen Typ verliebt, der sich dann als ihr Halbbruder entpuppt hatte, und so war sie einigen Kummer gewöhnt. Bei Livi musste Sophie nicht dauernd eine Rolle spielen. Sie konnte sich einfach ganz normal verhalten. Das war eine Riesenerleichterung.

»Ich hab eine Mega-Idee«, sagte Sophie. »Komm doch demnächst mal für ein Wochenende her! Meine Mutter wird wie immer aus dem Laden nicht rauskönnen – gähn, gähn – und wir könnten einen Einkaufsbummel machen oder nach Greenwich fahren oder vielleicht Karten für dieses neue Rockmusical kriegen. Was hältst du davon?«

»Das wäre einfach toll! Bloß …«

Livi schwieg.

»Was denn?« Sophie rutschte das Herz in die Schuhe bei dem Gedanken, dass Livi etwas Aufregenderes vorhaben könnte als einen Besuch bei ihr.

»Na ja«, sagte Livi zögernd, »ich – äh – weißt du …«

»Los, mach schon, sag es!«, drängelte Sophie. »Heraus damit, du hast einen Freund und kannst den Gedanken nicht ertragen, dass du ihn allein zurücklässt.«

»Ich kann nicht so viel teure Sachen unternehmen«, sagte Livi und ihre Worte überstürzten sich. »Ich krieg nicht so viel Taschengeld wie du und im Moment hat meine Mutter ziemlich wenig Geld, weil sie eine neue Töpferscheibe gekauft hat, und ich weiß, du bist wahnsinnig reich und so und ich würde ja auch schrecklich gern kommen, aber …«

Sophie seufzte erleichtert. »He, Dusselchen! Das ist schon okay. Wir müssen ja nicht massenhaft viel Geld ausgeben! Ich hab ein Wahnsinnsbuch, das heißt ›London umsonst‹. Und wir sind gar nicht reich, ich hab nur eine Mutter, die jeglichen Bezug zur Realität verloren hat. Bitte, sag schon, dass du kommst.«

Sie konnte die Erleichterung in Livis Stimme hören. »Ja gern. Das wär einfach super.«

»Spitzenmäßig!«, rief Sophie, während eine erhobene Stimme am anderen Ende den Abbruch ihres Telefongesprächs forderte.

Livi seufzte. »Ich muss aufhören«, sagte sie bedauernd. »Meine Mutter geht an die Decke – wegen der Telefonrechnung.«

»Ich ruf dich nächste Woche an und dann besprechen wir alle Einzelheiten«, sagte Sophie. »Übrigens, wie steht's mit deinem Liebesleben?«

»Was ist ein Liebesleben?«, erwiderte Livi mit einem leisen Stöhnen.

»Ach, ist es so toll, ja?«, sagte Sophie und legte lachend auf. Es war doch tröstlich, dass sie nicht die Einzige war, deren Liebesleben schwere Macken aufwies.

Sie hatte eben erst den Hörer aufgelegt, als das Telefon schon wieder klingelte. Bestimmt war das noch einmal Livi mit einer ganz wichtigen Neuigkeit, die sie vergessen hatte zu erzählen.

»He!«, sagte Sophie fröhlich. »Was gibt's denn noch?« Es gab viel Geknister und Quieksen und dann hörte sie eine Stimme aus weiter Ferne.

»Sophie? Bist du das?«

»Papa!« Sophie konnte es nicht fassen. »Wo bist du?«
Es knisterte wieder und dann hörte sie die Stimme ihres Vaters deutlicher. »Ich bin in Maputo«, sagte er. »Ich wollte dir nur sagen, dass ich am Samstagabend um neun Uhr in Heathrow ankomme. Liebling, ich kann das Wiedersehen mit dir kaum noch erwarten. Ein Jahr Trennung ist viel zu lang. Du hast mir so schrecklich gefehlt!«
Sophie fühlte, wie ihr innerlich ganz warm wurde. »Ja«, sagte sie. »Du hast mir auch ganz, ganz, ganz schrecklich gefehlt.«
»Ich möchte alle Neuigkeiten von dir hören und ganz viel Zeit mit dir verbringen, während ich zu Hause bin«, erklärte Clive. »Und ich brauche deine Hilfe.«
»Helfen? Ich?« Sophie spitzte die Ohren, damit sie die verzerrten Worte ihres Vaters entschlüsseln konnte.
»Das erklär ich dir, wenn wir uns sehen«, sagte ihr Vater. »Wie geht's deinem Knaben, Tim heißt er doch, nicht wahr?«
»Wir haben Schluss gemacht.«
»Bist du traurig deshalb?«, fragte ihr Vater, als ob ihn das sehr beschäftigen würde.
»Nicht sehr«, gab Sophie zu. »Er war so langweilig.«
»Die Langweiler sind am allerschlimmsten, was? Ach, Sophie, tut mir Leid für dich, aber ich muss jetzt los – meinen Marschbefehl holen und lauter solche Sachen«, sagte er. »Bis Samstag. Tschüss, bis die Tage, mein Schätzchen.«
Es gab ein Geknatter und Gepfeife und dann war die Leitung tot.
Sophie stand noch einige Zeit mit dem Hörer in der Hand da. Sie war so glücklich wie schon tagelang nicht mehr. Papa kam nach Hause und er wollte sich unbedingt gleich mit ihr

treffen. Er würde nicht warten, bis sie in seine Pläne passte. Er erwartete ganz klar, dass sie zum Flughafen kam. Und er machte sich auch Gedanken über das, was sie machte. Sie legte gerade den Hörer auf, als ihre Mutter mit drei riesigen Glastulpen und einem Keramikfrosch in den Armen in der offenen Zimmertür erschien.

»Liebling, ich hab uns Tee gekocht und was zum Essen gemacht. Wer hat denn angerufen?«

»Livi war dran und ich hab sie für eins der nächsten Wochenenden eingeladen. Das ist doch okay, oder?«

»Natürlich«, sagte Vanessa und betrachtete das frisch in Unordnung gebrachte Zimmer mit sichtlicher Abneigung. »Das wird dich beschäftigen und dann trittst du mir nicht mehr dauernd auf die Füße.«

»Oh, vielen Dank«, sagte Sophie. »Tut mir Leid, dass es mich gibt.«

»Nein, Liebling, du weißt schon, was ich meine...«, fing ihre Mutter an.

»Egal«, unterbrach Sophie sie eilig. Sie war viel zu aufgeregt, als dass sie von der gleichgültigen Haltung ihrer Mutter beleidigt gewesen wäre. »Rate mal, wer noch angerufen hat!«

Vanessa sah freudig überrascht aus. »Tim?«, fragte sie hoffnungsvoll. »Oder dieser nette Junge – Roddy hieß er doch, ja? Der mit der Anwaltsmutter?«

Sophie schüttelte den Kopf. »Papa!«, rief sie begeistert.

»Oh!«, sagte ihre Mutter. »Na komm schon, sonst wird der Tee kalt.«

»Und hör mal«, schwatzte Sophie weiter und überging einfach den deutlichen Mangel an Begeisterung bei ihrer Mutter. »Er kommt am Samstagabend um neun auf dem

Flughafen an, nicht mitten in der Nacht, wie du gesagt hast. Also können wir ihn doch abholen. Er hat gesagt, dass ...«

»Sei nicht töricht, Liebling«, sagte ihre Mutter und strich über die makellos glatte Ecke von Sophies pfirsichfarbenem Bettüberwurf. »Ich werde doch nicht meinen einzigen freien Abend damit verbringen, dass ich quer durch London reise. Ich gehe zur Einzugsparty von den Suttcliffes und ich denke fast, dass sie mir den Auftrag zur Ausstattung von ihrem ...«

»Mama!«, entgegnete Sophie. »Du kannst doch immer zu irgendwelchen Partys gehen. Aber Papa kommt nur einmal im Jahr nach Hause. Du musst mit mir zum Flughafen fahren!«

Vanessa nahm die Schultern zurück und fingerte an dem blauen Fisch aus Lapislazuli herum, der an ihrer schweren Halskette hing. »Ich muss überhaupt nichts!«, fauchte sie. »Und außerdem bist du ja bei Annabels Party, nicht wahr, Liebling? Da wirst du sicher Spaß haben!«

Sophie starrte sie wütend an. Das war ja wohl der Gipfel der Frechheit.

»Oh, das werde ich ganz bestimmt nicht!«, brüllte sie. »Nach dem, was du getan hast, kannst du doch nicht ernsthaft glauben, dass ich ...«

Das Klingeln des Telefons rettete Vanessa, der es wohl gerade etwas unbehaglich wurde.

»Ich geh ran«, rief sie erleichtert und flüchtete ins Wohnzimmer.

»Aber dann werden wir miteinander reden!«, kreischte Sophie hinter ihr her.

Sie ließ sich auf ihr Bett fallen. Sie würde ihren Vater abholen, egal, was ihre Mutter zu dem Thema sagen würde. Sie hatte die Nase voll davon, dass sie sich immer nach der Vorstellung ihrer Mutter richten sollte, was die gesellschaftlich akzeptabel fand. Sie wollte nicht mehr länger wie ein dämliches Kind behandelt werden, das überhaupt keine eigenen Entscheidungen treffen konnte.

Sie würde ihren Vater abholen. Denn eins war ganz sicher. Wenn sie ihren Freundinnen erzählte, dass sie den Abend mit ihrem gerade aus Mosambik zurückgekehrten Supervater und Helfer der Menschheit verbringen würde, hätte sie den perfekten Grund, um sich vor Annabels blöder rosa Party zu drücken, und ihr guter Ruf wäre wiederhergestellt. Ihre Mutter musste irgendwann einfach mal begreifen, dass Sophie ihr eigenes Leben führte. Entschlossen betrat sie das Wohnzimmer, gerade als ihre Mutter den Hörer auflegte.

»Es ist dir vielleicht gelungen, dass ich wie ein totaler Trottel vor all meinen Freundinnen dastehe, aber ab jetzt wirst du nicht mehr über mein Leben bestimmen!«, heulte sie.

Vanessa seufzte und lehnte sich in dem weißen Ledersofa zurück. »Was hab ich denn diesmal verbrochen?«, fragte sie und goss sich eine Tasse Earl Grey ein.

## Parteipolitik

»… und dann hat Annabel gesagt, dass du ihre Mutter förmlich angefleht hast, damit sie mich zu der Party einlädt. Das war ja so was von oberpeinlich!«

Fünf Minuten lang hatte Sophie ihrer Mutter die Ereignisse des Tages erzählt und jetzt knallte sie ihren Teebecher auf den Tisch und schnappte sich ein Drittel des Mandelkuchens von der herzförmigen Tortenplatte. Vanessa bemerkte mit Interesse, dass trotz ihres – wie Sophie behauptete – zerstörten guten Rufs und obwohl sie mit ihrer oberpeinlichen Mutter zusammenleben musste, der Appetit ihrer Tochter anscheinend nicht gelitten hatte.

»Darf ich jetzt vielleicht auch mal etwas dazu sagen?« Vanessa wischte fürsorglich einen Tropfen Tee vom Tisch, der dorthin gespritzt war. »So war das nämlich überhaupt nicht.«

»Ach, nein?«, bemerkte Sophie spöttisch.

»Natürlich nicht, Liebling«, versicherte ihre Mutter und versuchte sich an die »Zehn Tipps für Tamtam mit Teenies« zu erinnern, die im letzten Monat in der Beilage ihrer Zeitung gestanden hatten. »Claudia Winterton war im Laden und suchte irgendwelche Türklinken – Liebling, ich glaube, ich hab dir diese wunderschönen neuen Messingknäufe noch gar nicht gezeigt, die mit den kleinen Zwergengesichtern drauf ...«

»Mama! Lass jetzt die Türknäufe, bleib beim Thema!«

»Oh, also gut«, murmelte Vanessa. »Na ja, sie entdeckte dann diese unheimlich süßen rosa Papierservietten mit den Engelchen drauf und sagte, die würden ja ganz toll zu Annabels Party passen, und ich fragte, wann die denn wäre, und sie sagte, am Samstag, und du wärst doch bestimmt auch eingeladen, und ich sagte, nein, das hätte ich doch gewusst, denn dann wärst du ja bestimmt überglücklich darüber gewesen, und dann hat sie ...«

»*Was* hast du gesagt?«, platzte Sophie heraus und spuckte dabei Krümel auf den von ihrer Mutter so heiß geliebten handgeknüpften Teppich. »Willst du damit sagen, dass du so getan hast, als ob ich da wirklich gern hingehen wollte?«

»Natürlich, Schätzchen, weil ich doch wusste, wie gern du dabei sein würdest«, sagte ihre Mutter ungerührt. »Ach, ich weiß schon, dass du und Annabel euch manchmal ein bisschen streitet ...«

»Von wegen: ein bisschen streitet! Sie ist eine absolute Stinkeziege und ich hasse sie.«

Vanessa seufzte. »Sei doch nicht töricht, Sophie. Ihr seid doch schon seit Jahren befreundet.«

»Nein, Mama«, berichtigte Sophie ihre Mutter. »*Du* hast immer so getan, als ob wir schon seit Jahren befreundet wären.«

Tipp Nummer 3: Fall nicht auf den Köder rein, erinnerte sich Vanessa. »Egal«, fuhr sie fort und beugte sich über den Teppich, um einen Krümel nach dem anderen aufzupicken, »Claudia sagte, es müsse sich offensichtlich um ein Versehen handeln und sie würde sofort eine Einladung schicken. Das freute mich außerordentlich, weil wir uns daraufhin über ihren neuen Wintergarten unterhalten haben. Sie lässt euch Teenies da nicht rein, weil sie ganz neue elfenbeinfarbene Rattanmöbel gekriegt hat – und ich glaube, wenn ich meine Karten richtig ausspiele, dann wird sie alle Übertöpfe und Gartenmöbelchen bei mir bestellen! Außerdem soll ich für sie sechs Rattanlampenschirme besorgen und das macht unheimlich Spaß.«

Sophies Mutter wartete hoffnungsvoll auf die Freudenschreie ihrer Tochter und auf die Bemerkung, wie das die Verkaufszahlen ihrer Mutter anheben würde.

»Ach, deshalb bist du so scharf darauf, dass ich dahin gehe!«, murmelte Sophie. »Damit du ein paar Aufträge mehr kriegst!«

»Natürlich nicht!«, protestierte ihre Mutter. »Das hab ich für dich gemacht.«

»Ach ja? Wahrscheinlich wusstest du heute Morgen ganz genau, was in dem Umschlag war, auch wenn du so getan hast, als wüsstest du nichts?«

Vanessa nickte und schämte sich überhaupt nicht wegen ihres schändlichen Benehmens. »Ich hätte so gern dein Gesicht gesehn. Es wird bestimmt wunderbar, du wirst schon sehen – ich werde dir auch ein bisschen Geld für neue Klamotten geben.«

Für eine Zehntelsekunde geriet Sophie in Versuchung. Es gab dieses absolut wahnsinnige erdbeerrote Netzhemd, das sie neulich im Schaufenster gesehen hatte. Dann fielen ihr wieder Annabels gemeine Bemerkungen ein. Und die Tatsache, dass sie am Samstagabend noch etwas viel, viel Wichtigeres zu erledigen hatte.

»Vergiss es«, sagte sie. »Ich geh da nicht hin.«

Vanessas Gesicht nahm einen leidenden Ausdruck an.

»Liebling, natürlich gehst du hin!«, sagte sie. »Du wirst dich blendend amüsieren.«

»Mama«, sagte Sophie, »schau mal auf meine Lippen. Ich gehe nicht zu Annabels Party. Ich will nicht zu Annabels Party gehen. Ich würde lieber den Fliegen an der Fensterscheibe zuschauen, als zu Annabels Party zu gehen.«

Jetzt hatte Vanessa nicht mehr die geringste Lust, weiterhin eine vorbildliche Mutter zu sein, und sie dachte bei sich: Ganz egal, wer die »Zehn Tipps für Tamtam mit Teenies« geschrieben hatte, derjenige hatte wahrscheinlich noch niemals ein Gespräch mit einem Menschen geführt, der älter als zwölf Jahre war.

»Um Himmels willen, Sophie, was ist denn nur in dich gefahren? Du warst doch früher so ein zufriedenes Kind! Jetzt regst du dich auf einmal wegen allem und jedem auf und machst Zicken ohne Ende. Wir reden über eine Party, du liebe Güte, nicht über eine wochenlange Einkerkerung in einer dunklen Höhle. Du sagst doch immer, dein Leben wäre so langweilig und ich wäre zu streng, und wenn du dann mal die Chance bekommst, dich zu amüsieren und schick anzuziehen und lange wegzubleiben, dann willst du auf einmal nicht mehr. Ich geb's auf!«

Mit diesen Worten stand ihre Mutter auf, sie richtete geistesabwesend zwei völlig symmetrisch stehende griechische Urnenvasen neu aus und ging dann zum Fenster.

Lange aufbleiben, dachte Sophie. Die Einladung sagte von 8 bis spät. Das könnte Mitternacht bedeuten. Der Keim einer Idee begann sich in ihrem Kopf zu verwurzeln.

Aber sie durfte jetzt nicht zu rasch nachgeben, wenn sie gleichzeitig ihre Mutter in ein falsches Gefühl der Sicherheit hineinmanövrieren wollte.

»Ich werde noch mal drüber nachdenken«, sagte sie und hoffte, dass sich das einigermaßen kooperativ anhörte.

Sophies Mutter drehte sich überrascht um. Sie hatte mindestens noch eine Stunde lang Schmollen und Schimpfen erwartet, bevor irgendeine Art von Waffenstillstand geschlossen werden konnte.

»Mach das, Liebling, mach das – schließlich fändest du es doch bestimmt grässlich, wenn du als Einzige von deinen Freundinnen nicht da wärst, nicht wahr?«

Diese Frau, dachte Sophie, befindet sich auf einem anderen Planeten.

Sie seufzte theatralisch. »Wenn du wirklich denkst, dass ich hingehen sollte, dann gehe ich eben«, sagte sie und ließ es so klingen, als ob sie ihrer Mutter den allergrößten Gefallen tat. »Wenn du dadurch mehr Bestellungen bekommst.«

Vanessa strahlte vor Erleichterung und nahm ihre Tochter in den Arm. »Liebling, ich mach mir doch nicht wegen mir Sorgen, sondern wegen deiner Freundschaften!«, sagte sie begeistert. »Du kommst jetzt langsam in das Alter, wo es wahnsinnig wichtig wird, wen man alles kennt. Ich weiß auch, dass das eigentlich nicht so sein sollte, aber es ist nun mal die Realität.«

»Okay«, sagte Sophie und war in Gedanken bereits bei der Planung der Einzelheiten, die von Minute zu Minute aufregender wirkten.

»Das wird bestimmt ein ganz toller Abend«, verkündete ihre Mutter.

Ja, bestimmt, aber ganz woanders, als du denkst, dachte Sophie.

# Zufällige Begegnungen

Am folgenden Donnerstagnachmittag war Sophie in der Schule beim Nachsitzen und versuchte einen Aufsatz von 500 Wörtern zum Thema »Die Vulgarisierung der englischen Sprache« zu schreiben. Dabei beobachtete sie die Zeiger der großen Uhr an der Klassenzimmerwand, wie sie unglaublich langsam auf halb sechs zuwanderten. Heute war es besser gelaufen. Zum einen hatte ihre Mutter ihr eine hübsche Geldsumme gegeben, damit sie sich was zum Anziehen für die Party kaufen konnte (zu der sie nicht gehen würde), und zum anderen hatte sie sich wieder mit Amy vertragen.

»Ich weiß, dass du es nicht warst, ich weiß es jetzt ganz genau«, hatte sie gesagt, gleich als sie ihre Freundin im Garderobenraum sah. »Bitte entschuldige, dass ich voreilige Schlussfolgerungen gezogen habe. Können wir wieder Freundinnen sein?«

»Natürlich!« Amy grinste. »Versprich mir nur, dass du mir in Zukunft immer vertrauen wirst.«

»Das versprech ich«, sagte Sophie.

»Kommst du jetzt am Samstag oder kommst du nicht?«, wollte Amy wissen.

»Na ja«, hatte Sophie ihr anvertraut und die Stimme gesenkt, damit es niemand hören konnte, »genau darüber wollte ich mit dir reden. Einerseits komme ich, aber andererseits komme ich nicht.«

»Sophie, könntest du das bitte in schlichtem Englisch ausdrücken?«

Da hatte es zur ersten Stunde geläutet.

»Hör zu«, hatte Sophie rasch gesagt, »ich muss heute Nachmittag eine Stunde nachsitzen, aber hinterher gehe ich einkaufen. Wollen wir uns um sechs Uhr vor *Harrod's* treffen?«

Amy zögerte.

»Und hinterher Cremeschnitten im Café? Ich geb einen aus«, hatte Sophie hinzugefügt.

»Da nehm ich dich beim Wort!« Amy schnappte sich ihr Französischbuch und grinste Sophie an. »Und dann kann ich dir den letzten Klatsch über ...«

Sophie hatte nie rausgekriegt, um wen sich der Klatsch drehte, denn die Direktorin, Mrs. Frobisher, hatte ihr tägliches Zauberkunststück vorgeführt und war wieder mal genau im falschen Moment aus dem Nichts aufgetaucht.

»Amy Darby und Sophie Cross, vielleicht könntet ihr mit eurem Schwatzen aufhören und in eure Klasse gehen?«, hatte sie mit einer Stimme gedröhnt, die man ihrer spindeldürren Gestalt nie zugetraut hätte. »Eure Eltern bezahlen dafür, dass ihr euren Verstand gebraucht und nicht eure Stimmbänder.«

Für den Rest des Tages hatte sich Sophie ganz unauffällig verhalten. Zu ihrer großen Erleichterung fehlte Annabel in der Schule und das bedeutete, dass Sophie sich nicht über die Party unterhalten musste. Sie hätte sonst so tun müssen, als ob sie käme, nur für den Fall, dass die zwei Mütter sich noch miteinander unterhalten hätten und darüber gesprochen worden wäre. Und das ersparte ihr auch Annabels schnippische Bemerkungen.

Außerdem war sie erleichtert über Annabels Fehlen, weil

sie merkte, dass sie am vorigen Nachmittag doch vergessen hatte, ihr den Brief zu geben. Sie wollte ihn in der Pause eigentlich Laura Coombs zustecken, damit die ihn Annabel geben sollte, als Mrs. Frobisher wieder einmal wie gewöhnlich im Korridor herumgeschlichen war, sie gestellt und in eine tiefgründige Diskussion über die nächste Schultheateraufführung verwickelt hatte. Also war Tims Brief immer noch in Sophies Tasche.

Der kleine Zeiger an der Uhr zeigte jetzt fast halb sechs.

*... deshalb ist es so wichtig, sich ständig vor Augen zu halten, dass der Missbrauch von Wörtern durch Fluchen zur Zerstörung der Musikalität der englischen Sprache beiträgt. Das muss unter allen Umständen vermieden werden,* hatte Sophie gekritzelt, dann einen entschiedenen Punkt gesetzt und sich selbst zu ihrer Fähigkeit, sinnloses Zeug zu erzählen, beglückwünscht.

»Ich bin fertig, Mrs. Peters«, sagte sie ganz höflich zu dem Kollegiumsmitglied, das die Nachsitzer beaufsichtigen musste.

Die Lehrerin warf einen Blick auf die beschriebene Seite.

»Kann ich bitte gehen?« Sophie hopste von einem Fuß auf den andern vor lauter Eifer, endlich zu den Läden zu kommen.

»Und du wirst auch nicht mehr fluchen?«

»Nein, Mrs. Peters.«

»Ist dir die Bedeutung verbaler Höflichkeit voll und ganz klar geworden?«

»Ja, Mrs. Peters.«

Die Lehrerin neigte den Kopf. »Dann kannst du gehen.«

Sophie schnappte sich ihre Mappe und wollte gehen.

»Oh, und Sophie – wie geht es eigentlich deiner Mutter? Wir haben sie beim letzten Elternabend vermisst. So eine begabte Frau – dieser wunderhübsche Laden, sie ist sicherlich sehr beschäftigt.«

»Ja«, sagte Sophie ungeduldig, während ihre Augen zur Uhr wanderten.

»Und dein Vater wird wohl bald wieder nach Hause kommen, nehme ich an«, sagte Mrs. Peters.

»Ja, schon sehr bald.« Sophie ging langsam rückwärts zur Tür und überlegte, warum Lehrer immer ausgerechnet nach Schulschluss solche tiefgründigen Betrachtungen über das Familienleben ihrer Schülerinnen anstellen mussten.

»Wir sollten ihn mal in die Schule einladen, damit er uns von seinen Erlebnissen erzählt«, strahlte Mrs. Peters. »Das ist so eine wichtige Arbeit, wenn man das Leben der Menschen verbessern hilft. Du kannst von ihm bestimmt viel lernen, wenn du jetzt mit deiner Hausarbeit über die Armut beginnst, nicht wahr? Ich habe auch schon einmal überlegt …«

Sophie war nicht im Mindesten daran interessiert, was Mrs. Peters schon einmal überlegt hatte oder auch nicht, und ganz gewiss wollte sie sich jetzt mit ihr nicht über eine zukünftige Hausarbeit unterhalten, die sie noch nicht einmal angefangen hatte.

»Bitte, ich muss jetzt gehen. Meine Mutter wartet auf mich«, log sie.

»Natürlich«, sagte die Lehrerin mit einem gütigen Lächeln. »Dann lauf nur.«

Sophie lief.

Und wirklich, wenn sie nicht so schnell gerannt wäre, um die U-Bahn noch zu erwischen, und wenn der Typ mit der Brille nicht so total weggetreten gewesen wäre, dann wäre es niemals passiert. Aber als sie unten am Hügel um die Ecke geflitzt kam und in Gedanken mit sich debattierte, ob ein Minikleid mit einem erdbeerfarbenen Netzhemd schick wäre oder sogar todschick, knallte sie mit einem dunkelhäutigen Jungen zusammen, der aus einem Zeitungsladen kam und seine Nase in einer Illustrierten vergraben hatte.

Die Wucht des Zusammenpralls war so groß, dass Sophie auf den Gehsteig stürzte und der Inhalt ihrer Schulmappe in alle Richtungen flog.

»Oh nein! Entschuldigung! Du meine Güte ... ach, du lieber Himmel.« Der Typ hockte sich neben ihr nieder und sah sie ängstlich an. »Ist alles in Ordnung? Oh, äh, du bist es ja.« Er blinzelte sie kurzsichtig an und kroch dann suchend auf dem Gehsteig herum.

Sophie rappelte sich auf die Füße, rubbelte ihr linkes Knie und schloss die Augen, weil es so wehtat. Ihre hellen Strumpfhosen hatten eine Laufmasche und ein dünner Blutsfaden lief langsam an ihrem Bein herunter.

»Ich denk schon«, sagte sie etwas unsicher und tupfte mit dem schmuddeligen Taschentuch aus ihrer Jackentasche das Blut ab. Dann machte sie sich ebenfalls ans Aufsammeln der verstreuten Stifte und Hefte. »Und du?«

»Mir ginge es besser, wenn ich meine Brille finden könnte«, sagte der Junge, der, und das merkte Sophie erst jetzt, die Schuluniform vom King-Henry-College trug. »Die ist mir davongeflogen.«

Er wich den Passanten aus und beäugte das Pflaster aus

nächster Nähe, während er mit seinen Fingern durch seine dunklen Krusselhaare fuhr, die in alle Richtungen abstanden.

»Hier ist sie«, rief Sophie und holte die »Landschaften Westeuropas« aus dem Gully, worunter sich ein ziemlich verbogenes Gestell mit runden Brillengläsern verbarg.

Sophie betrachtete sie zweifelnd. »Sie sieht ein bisschen schief aus«, sagte sie. Der eine Bügel stand in einem seltsamen Winkel ab und der andere hatte eine Schramme.

»Och, so ist sie schon seit Ewigkeiten!«, sagte der Junge fröhlich, nahm sie aus Sophies Hand und knallte sie wieder auf seine Nase. »Sie ist uralt.«

Er kratzte mit seinem Zeigefinger einen Dreckfleck auf einem der Brillengläser ab.

»Hier, probier's mal damit.« Sophie reichte ihm ein noch zweifelhafteres Papiertaschentuch aus ihrer Rocktasche.

»Danke«, sagte er, nahm die Brille wieder ab und rubbelte an dem Fleck. »Ich heiße übrigens Tony Baxter.«

»Ich heiße So...«

»Sophie Cross, ich weiß.«

Sophie sah ihn überrascht an. »Woher denn?«

Tony sah von ihr weg. »Och, ich hörte mal, wie jemand deinen Namen sagte«, erklärte er hastig. »Ich hab gesehen, was gestern früh passiert ist.«

Sophie runzelte die Stirn.

»Mit deinem Aufsatz in der U-Bahn«, sagte Tony.

»Ach, das.« Sophie dachte, was für ein Glück sie gehabt hatte, dass er nicht jemand war, den sie mit ihrer coolen Lässigkeit hatte beeindrucken wollen.

Die Erwähnung von U-Bahnen erinnerte sie aber daran,

dass sie sich eigentlich in zehn Minuten mit Amy treffen wollte. Sie klemmte sich ihre Mappe fester unter den Arm. »Ich muss jetzt gehen. Ich bin mit einer Freundin verabredet.«

Tony nickte und seine Brille rutschte bis zur Nasenspitze. »Kann ich mitkommen?«, fragte er zu Sophies Überraschung. Die meisten Jungen hielten es für selbstverständlich, dass man von ihrer Gesellschaft immer träumte, und wären überhaupt nicht auf die Idee gekommen, so eine Frage zu stellen.

»Na ja, klar, wenn du möchtest«, sagte sie und wollte losrennen, wurde dann aber langsamer, als sie merkte, dass ihr Knie immer noch wehtat.

»Ja, möchte ich gern«, sagte Tony.

Sie betraten den U-Bahnhof und passierten die Fahrscheinsperre. Während sie Tony zum Lift folgte, betrachtete sie ihn mit den erfahrenen Augen einer Kritikerin, die gewöhnlich den Schülern vom King-Henry-College Noten von 1 bis 10 gab. Sie stellte fest, dass Tony, was das Aussehen anging, etwa zweieinhalb Punkte erreichte.

Er war nicht größer als sie und nicht sehr kräftig gebaut. Seine Haut hatte die Farbe von gerösteten Pekannüssen und sein Mondgesicht wurde durch die unvorteilhafte Brille noch betont. Er hatte jedoch eine niedliche Stupsnase und volle, ziemlich sexy Lippen. Sie erhöhte die Punktzahl auf vier.

»Du wohnst in der Beaufort Street, nicht wahr?«, fragte Tony, während sie sich hinsetzten. »Über diesem Laden – dem ›Töpferschuppen‹?«

Sophie sah ihn überrascht an. »Ja. Woher weißt du das?« Sie hatte den Typen noch nie in ihrem Leben gesehen. Aber er gehörte auch nicht zu der Sorte Jungs, an die man sich erinnern würde.

»Ich trage Zeitungen aus.« Er lachte. »Und ihr seid auf meiner Liste: *Daily Telegraph*, *Daily Mail* und genug Illustrierte, um mir die Wirbelsäule zu verbiegen.«

Sophie grinste. »Da musst du dich bei meiner Mutter beschweren. Sie ist ganz wild auf Illustrierte. Aber warum trägst du Zeitungen aus? Ich dachte, das würden nur die Kinder von armen Leuten machen?«

Tonys Mund verzog sich zu einem schiefen Lächeln. »Na ja, meine Familie erstickt nicht gerade am Geld«, sagte er.

Sophie schluckte. »Entschuldigung, ich hab mich bestimmt grässlich angehört, ich wollte damit nicht sagen ...«

»Du wolltest sagen«, unterbrach Tony sie gelassen, »dass ich aufs KHC gehe und dass die Schüler von Privatschulen es eigentlich nicht nötig haben, Zeitungen auszutragen. Stimmt's?«

Sophie nickte, ihr war klar, dass sie ihn möglicherweise beleidigt hatte.

»Ich habe ein Kunststipendium«, sagte er. »Sonst würde ich auf die Ryemead Upper gehen wie meine Schwester. Ich trag Zeitungen aus, damit ich ein bisschen Taschengeld habe. Denn es ist manchmal ganz schön schwierig, mit diesen reichen Kerlen mitzuhalten.«

Er wies mit dem Kopf ans Ende des Wagens, wo ein paar King-Henry-College-Schüler sich über ein winziges Fernsehgerät beugten und einem Cricket-Spiel zuschauten.

Sophie war beeindruckt. Dieser Typ war so freimütig und ehrlich. Sie wusste, wie schwierig es sein konnte, wenn man sich Gründe ausdenken musste, warum man bei bestimmten

Sachen nicht mitmachen konnte, weil die Mutter behauptete, sie hätte nicht so viel Geld übrig. Und hier erzählte dieser Tony einer, die er eben gerade erst kennen gelernt hatte, dass er knapp mit Taschengeld dran war. Und das schien ihm noch nicht mal das kleinste bisschen peinlich zu sein.

»Du bist kein Engländer, oder?«, fragte Sophie. Und dann überlegte sie, dass sich das vielleicht auch unhöflich anhörte.

Sie spürte, wie sie einen roten Kopf bekam, und wandte sich ab. »Ich wollte sagen ...«

Tony grinste, er krauste seine Stupsnase bis hoch zu seiner Brille und sah so wie ein kleiner Uhu aus, der sich sehr gut amüsierte. »Natürlich bin ich Engländer«, sagte er und merkte wohl gar nicht, wie unbehaglich ihr war. »Ich sehe bloß nicht so aus, weil meine Mutter Afrokaribin ist, sie stammt von Barbados. Mein Vater ist weiß, deshalb habe ich ungefähr die Farbe von Bratensoße.«

Sophie musste laut loslachen. »Hast du nicht!« Sie prustete.

»Du hast noch nie unsere Mensasoße gesehen«, sagte Tony mit gespielter Ernsthaftigkeit.

Sophie kicherte wieder und drehte sich um, um aus dem Fenster zu schauen. Der Zug fuhr gerade im Leicester-Square-U-Bahnhof ein.

»Oh Schande!«, schrie sie und sprang erschreckt auf. »Ich hätte doch schon an der Tottenham Court Road aussteigen müssen! Amy bringt mich um!«

Sie schnappte sich ihre Mappe und rannte zur Tür.

»Seh ich dich morgen wieder?«, rief Tony hinter ihr her.

Sophie drehte sich erstaunt um und wollte schon antworten, als sie Tim Bellinger durch den Wagen auf sich zukommen sah. Plötzlich wurde sie sich ihrer zerrissenen Strumpfhose und ihres schmuddeligen Blazers bewusst, woran sie während des Gesprächs mit Tony überhaupt nicht gedacht hatte.

»Halt mal, Sophie!«, rief Tim. »Ich hab dir doch diesen Brief gegeben, den hast du doch an Annabel weitergegeben, oder?«

Ein dicker Schuldbrocken traf Sophie im Magen und sie spürte, wie sie schon wieder rot wurde. Nach der Unterhaltung mit Mrs. Frobisher hatte sie den Brief ganz vergessen. Aber Annabel war ja auch heute nicht in der Schule gewesen, und wenn sie ihn ihr mogen früh als Erstes geben würde, dann brauchte sie ihm jetzt nicht die Wahrheit zu gestehen.

»Oh, ja, ja, doch, hab ich gemacht«, plapperte sie los.

»Oh, toll«, sagte Tim und sah so aus, als ob das überhaupt nicht toll wäre.

Sophie stieg zögernd aus und die Türen schlossen sich hinter ihr.

Das war bestimmt nicht so wichtig, tröstete sie sich. Und außerdem, wenn Annabel nicht so gemein zu mir gewesen wäre, hätte ich ihn ihr ja schon am Mittwoch gegeben. Ich klebe ihn ihr morgen an ihre Spindtür, das wird dann noch reichen.

Erst nachdem sie auf die gegenüberliegende Bahnsteigseite geflitzt war und wieder zurück zur Tottenham Court Road fuhr, dachte sie darüber nach, wie Tim es immer schaffte, dass sie in Sekundenschnelle einen knallroten Kopf kriegte. In dem Gespräch mit Tony war sie fast gar nicht rot geworden. Und dabei kannte sie ihn noch nicht mal.

Aber das war natürlich, weil sie nicht auf ihn stand. Er

war einfach nicht jemand, in den man sich verknallen konnte. Und man wurde nur rot bei Leuten, die man wirklich beeindrucken wollte. Manchmal erlaubte sich die Natur mit einem wirklich seltsame Spielchen.

## Schlechtes Gewissen

»So werde ich das machen!« Sophie stützte ihre Ellenbogen auf den Tisch und beugte sich erwartungsvoll vor, damit sie Amys Reaktion sehen konnte.

Es hatte ein Weilchen gedauert, bis Amy wieder beruhigt war. Sie hatte schon zwanzig Minuten vor dem Laden gewartet, als Sophie voller Entschuldigungen angekeucht kam, weil sie nicht rechtzeitig ausgestiegen war.

»Du hast gesagt, du wärst um sechs hier und jetzt ist es schon fast zwanzig nach!«, knurrte Amy. »Ich muss um halb acht zu Hause sein oder meine Mutter kriegt die Krise, weil ich zu spät zum Essen komme.«

Sophie erzählte ihr von dem Zusammenprall mit Tony, und Amy wurde bei der Erwähnung des Wortes *Junge* wieder etwas aufgekratzter, verlor aber ihr Interesse, als Sophie zugeben musste, dass Tony nicht besonders gut aussah. Das blutige Knie brachte ihr noch ein bisschen mehr Sympathie ein. Aber erst nachdem Sophie Amy in das Café geführt und zwei Becher heiße Schokolade und zwei Stück Sahnetorte gekauft hatte, wurde Amys Laune sichtbar besser.

»Und wenn deine Mutter rauskriegt, dass du nicht bei der

Party gewesen bist, was ist dann?«, fragte Amy vernünftig. »Ich meine, sie wird dich doch abholen kommen und …«
»Genau da ist der Moment, wo ich deine Hilfe brauche«, unterbrach Sophie Amy, während sie sich die Sahne von den Fingern leckte.
»Das hätte ich mir ja beinahe schon denken können.« »Ich werde meiner Mutter sagen, dass deine mich nach Hause mitnimmt«, erklärte Sophie. »Dann tauche ich um Mitternacht herum zu Hause auf und sie merkt nichts.«
»Aber du kannst doch um diese Zeit nicht ganz allein herumlaufen!«, protestierte Amy, von der es in der Schule immer hieß, sie wäre umsichtig und sehr reif für ihr Alter. »Da kann doch alles Mögliche passieren.«
»Aber ich werde doch gar nicht herumwandern, du Dussel!«, entgegnete Sophie. »Mein Vater wird mich auf dem Weg nach Hause da absetzen.«
Amy seufzte. »Na gut. Aber ich finde immer noch, dass du ein großes Risiko eingehst. Was ist denn, wenn Annabels Mutter deine Mutter trifft und ihr erzählt, dass du nicht da warst? Und wenn …«
»Och, Amy.« Sophie seufzte, denn sie hatte ihre eigenen Bedenken in ihren Hinterkopf verbannt. »Nun hör schon auf mit deinem Gemecker und komm lieber mit und hilf mir ein Kleid für diese Party aussuchen!«
Amy runzelte die Stirn. »Aber du hast doch grade gesagt, dass du nicht zu der Party gehst.«
»Das ist doch gar nicht wichtig. Meine Mutter glaubt es jedenfalls. Und sie hat mir 40 Pfund gegeben, damit ich mir irgendwas Fetziges kaufe. Da kann ich sie doch nicht enttäuschen, oder?«

In der nächsten halben Stunde probierte Sophie eine Unmenge von Kleidungsstücken an und entschied sich dann schließlich für ein beigefarbenes Stretchkleid, das nur noch den halben Preis kostete, das so lange heiß ersehnte erdbeerfarbene Netzhemd und ein Paar lindgrüne Schuhe.
Dieser ausgiebige Einkaufsbummel bedeutete aber, dass sie außerdem auch noch ihr ganzes Taschengeld auf den Kopf hauen musste, aber was machte das schon?
»Wie sehe ich aus?«, fragte sie Amy, während sie vor dem Spiegel in der Umkleidekabine herumtanzte.
»Echt gut«, sagte Amy. »Ich wette, Ben würde total auf dich stehen, wenn du das Outfit anhast.«
Sophie schnitt eine Grimasse und schlüpfte wieder in ihre Schuluniform.
»Nun komm schon, komm doch zu der ...«, fing ihre Freundin von neuem an.
»Amy!«, brüllte Sophie. »Du bist ja schon fast so schlimm wie meine Mutter. Jetzt hör endlich auf, von dieser Party zu quasseln! Du hast gesagt, du hättest auch noch irgendwelchen Klatsch für mich.«
Sie verließen den Laden.
»Ach ja«, sagte Amy eifrig, »hast du gemerkt, dass Annabel heut nicht in der Schule war?«
Sophie nickte.
»Tja, ich hab mich mit Laura unterhalten und anscheinend hatte sich Annabel gestern Abend unheimlich rausgeputzt, weil Tim ihr eine Überraschung für ihr Jubiläum versprochen hatte.«
»Jubiläum?«, erkundigte sich Sophie und wich einer Frau mit einem Buggy und einem kreischenden Kleinkind aus.

»Sie gehen doch jetzt schon seit einem ganzen Monat miteinander«, sagte Amy. »Na ja, er rief jedenfalls nicht an und kam auch nicht, gar nix. Und als sie bei ihm zu Hause anrief, sagte das Au-pair-Mädchen, dass er mit einem Mädchen verabredet wäre.«

Sophie hatte die Augen weit aufgerissen. Sie konnte Annabel zwar überhaupt nicht ausstehen, aber so eine gemeine Behandlung wünschte sie niemandem an den Hals.

»Annabel hat gestern Nacht so schrecklich geweint, dass ihr Gesicht heute Morgen völlig verheult aussah und sie sich nicht in die Schule traute«, schloss Amy.

»Die Ärmste«, murmelte Sophie. Ein winziger und überhaupt nicht angenehmer Gedanke schlich sich in ihren Kopf.

»Ich finde das echt voll fies«, sagte Amy, die ein sehr stark entwickeltes Gerechtigkeitsgefühl hatte. »Erst verspricht er ihr eine Überraschung und dann lässt er sie einfach sitzen und geht mit irgendeiner anderen weg. Er hätte ihr doch wenigstens eine Karte oder einen Brief oder sonst was schicken können, oder?«

Der winzige Gedanke machte sich jetzt etwas breiter. Sophie nickte langsam und knabberte an einem Fingernagel. Wieso hatte sie nur den blöden Brief vergessen?

»Na ja, egal«, sagte Amy, »Annabels Bruder sollte ihn heute in der Schule deshalb zur Rede stellen. Dann werden wir ja sehen, was er zu seiner Entschuldigung vorbringen wird. Ich schätze mal, du kannst froh sein, dass du ihn los bist.«

Ich hab das grässliche Gefühl, dachte Sophie, dass er das auch denkt.

Sie ließ die Hand in die Vordertasche ihrer Schulmappe

gleiten und betastete das Briefkuvert für Annabel. Sie hatte den Brief doch wirklich nicht so lange zurückhalten wollen. Was sollte sie jetzt bloß tun?
   Sie musste sich möglichst schnell etwas einfallen lassen.

## Eine Fahrt im Regen

Am Freitagmorgen beim Frühstück war Sophie ganz entschieden übel. Der Schuldknoten in ihrem Magen war während der Nacht größer geworden und sie wusste, dass sie sich heute nicht nur der Wut von Annabel stellen musste, sondern auch jeder Menge Vorwürfe von Seiten ihrer Freundinnen. Sie würden alle glauben, dass sie den Brief absichtlich zurückbehalten hatte, dabei stimmte das gar nicht. Na ja, es stimmte nur für die ersten paar Stunden, danach hatte sie ihn ganz echt einfach vergessen.
   Sophie saß am Tisch und mümmelte halbherzig an ihrem Croissant, während sie zusah, wie der Regen an den Esszimmerscheiben herunterlief.
   Vielleicht sollte sie den Brief einfach still und heimlich wohin tun, wo Annabel ihn finden würde, ohne was Genaueres zu sagen. Vielleicht.
   Aus der Küche kam das Geräusch von klappernden Töpfen und eine falsche Wiedergabe von »Don't Cry For Me, Argentina«. Mrs. Picket bearbeitete gerade die Arbeitsfläche. Sophie liebte Mrs. Picket von ganzem Herzen. Sie arbeitete schon seit sieben Jahren für Vanessa und betrach-

tete sowohl Mrs. Cross als auch ihre Tochter als ihr persönliches Eigentum. Mrs. Picket war klein und hager, mit einer Haut wie zerknäultes Einwickelpapier und einer Haarfarbe, die von dunkelblau bis grau variierte, mit einem blasstürkisen Schimmer, was ganz davon abhing, ob sie in ihrem Frisiersalon den Seniorenrabatt genutzt hatte oder nicht. Wenn sie nicht gerade zu singen versuchte, dann sprach sie mit sich selbst.

»Na komm schon her«, sagte sie zu einem Teefleck auf der ansonsten makellos sauberen Arbeitsfläche und griff ihn mit einem Topfkratzer an. »Dann werde ich mit meinen Böden weitermachen. Oh, Sophie, Schätzchen, du bist's.«

»Hi, Mrs. P.«, sagte Sophie. »Wo ist meine Mutter?«

»Macht sich selbst ganz verrückt wegen irgendeiner Bestellung für iroma…, äh, aromt…, also irgendwelche stinkigen Kerzen, hm«, sagte Mrs. Picket. »Ich habe ihr frei heraus gesagt: ›Wenn sie nicht gekommen sind, dann sind sie nicht gekommen und trotzdem wird auch morgen noch die Sonne aufgehen‹. Sie ist ja eine Liebe«, fügte sie hinzu, für den Fall, dass Sophie glaubte, sie kritisiere in irgendeiner Weise ihre Arbeitgeberin.

Sophie stellte ihren Teller in das Abwaschbecken und hockte sich auf einen Barhocker. Sie wusste, dass sie jetzt losgehen musste, wenn sie rechtzeitig zur Schule kommen wollte, aber sie wollte heute eigentlich überhaupt nicht dort ankommen.

»Du hast heute Morgen ein Gesicht an, mit dem man die Milch sauer machen könnte«, sagte Mrs. Picket und spülte einen Lappen unter dem Wasserhahn aus. »Was ist denn los?«

Sophie seufzte: »Das Leben.«

Mrs. Picket lachte dröhnend. »Oh, ist das alles? Ich dächte, es wär irgendwas Besonderes. Na, Schätzchen, was immer es auch ist, ich rate dir, krieg's in'n Griff und dann mach weiter mit deinem heutigen Tag. Eine Stunde Grübelei ist eine verschwendete Stunde. Und wenn du mich jetzt bitte entschuldigen willst, ich hab meine Wäsche zu bügeln und dann möchte deine Mutter, dass ich die Regale in ihrem Laden abwische.«

Gott sei Dank, dachte Sophie, als sie ihren Schulregenmantel anzog und vor dem Spiegel in der Diele ihre Nase nach Mitessern untersuchte, dass ich nicht mein Leben lang die dreckigen Möbel von anderen Leuten abschrubben muss.

Obwohl sie momentan lieber Abwasserkanäle gesäubert hätte, als sich dem Zorn von Annabel Winterton zu stellen.

Sie war erst ungefähr hundert Meter weit von ihrer Haustür entfernt und stemmte ihren Schirm mit fester Hand gegen die Windstöße, als ein weißer Minicar neben ihr am Bordstein hielt.

»Sophie!« Eine vertraute Stimme rief ihren Namen.

Sie drehte sich um und sah zu ihrem Erstaunen Tony Baxter das Fenster runterkurbeln und ihr zuwinken.

»Willst du mitfahren?« Er wischte die Regentropfen von den Gläsern seiner schiefen Brille. Sophie bemerkte, dass sie jetzt auch noch von einem Stück Klebeband an dem verbogenen Bügel geschmückt wurde.

Tony öffnete die Tür und winkte ihr wieder. Sie zögerte.

»Ich kann mir kein Taxi zur Schule leisten!«, zischte sie. »Das kostet ein Vermögen!«

Tony grinste. »Du musst nichts bezahlen, ich versprech's dir.«

Ein neuer Windstoß sprühte Regen in Sophies Gesicht und sie kletterte dankbar in das Taxi. »Danke schön. Aber mach mir jetzt bloß nicht mehr vor, dass du kein Geld hast, wenn du so immer zur Schule fährst.«

Der Fahrer warf einen Blick über seine Schulter, während er auf eine Lücke im Verkehr wartete.

»Ich mach dir nix vor«, sagte Tony.

»Okay, Tony, kann ich jetzt weiterfahren?« Der Fahrer grinste. »Oder muss ich noch einer anderen auflauern?«

Tony sah peinlich berührt aus. »Sophie, das ist der Grund, weshalb ich mir ein Taxi leisten kann. Das ist mein Vater.«

Sophie sah erstaunt auf und direkt in das Gesicht von Tonys Vater, einem untersetzten Mann mit hellblondem Haar und buschigen Augenbrauen, der Sophie anstrahlte.

»Guten Morgen«, sagte er. »Du bist also das Mädchen, das Tony schon ...«

»Papa!«, sagte Tony scharf. »Jetzt fahr endlich.«

Wie gewöhnlich in London bei Regenwetter bewegte sich der Verkehr nur sehr langsam vorwärts und das Taxi kroch im Schneckentempo zur Schule. Mr. Baxter schaltete das Radio an und schloss die Trennscheibe zwischen den Passagieren und dem Fahrer.

»Das ist bestimmt cool, wenn man einen Vater mit einem Taxi hat«, sagte Sophie. »Immer freie Mitfahrgelegenheit.«

Tony grinste. »Gewöhnlich läuft es aber nicht so«, gestand er. »Nur weil heute so schlimmes Wetter ist und er sowieso einen Stammkunden in West Hampstead abholen muss. Und ich dachte, weil du dir doch das Knie ramponiert hast, läufst du vielleicht heute nicht gern.«

Er ist wirklich echt nett, dachte Sophie.

»Tut es immer noch sehr weh?«, wollte Tony wissen.

Sophie schüttelte den Kopf. »Das ist mein kleinstes Problem«, sagte sie. Und auf einmal erzählte sie Tony alles: von der Partyeinladung und von Tim und Annabel und dem Brief.

»Ich weiß, es ist meine Schuld«, sagte sie. »Ich hab nur reichlich Schiss jetzt vor dem ganzen Ärger mit Annabel, wenn ich ihr das sagen muss.«

»Schrecklich, wenn Leute denken, dass du so etwas absichtlich getan hast, wo doch eigentlich bloß deine Gehirnzellen an dem Tag eine Saulaune hatten, was?«, sagte er.

Sophie schüttelte den Kopf und sah ihn fragend an. »Machst du aus allem einen Witz?«

Tony sah jetzt ganz ernst aus. »Nein«, erwiderte er. »Aber manchmal ist es die einzige Art klarzukommen. Ich hab das schon in der Grundschule herausgefunden, da haben mich eine Reihe von Kerlen immer ziemlich übel angemacht«, fügte er leise hinzu.

»Warum?«

»Weil meine Mutter schwarz und mein Vater weiß ist. Weil ich wirklich sehr kurzsichtig bin, weil ich ein mieser Sportler und weil ich hässlich bin – soll ich noch weitermachen?«

»Du bist nicht hässlich!«, rief Sophie aus und griff nach dem Haltegriff, als das Taxi um eine Ecke bog. »Und was macht das schon aus, was für eine Hautfarbe deine Eltern haben? Wenigstens sind deine zusammen!«

Tony sah sie mitleidig an. »Deine nicht?«

Sophie schüttelte den Kopf. Den Rest der Fahrt unterhielten sie sich über die Besessenheit ihrer Mutter in Bezug auf Arbeit und Geldverdienen und über die Arbeit ihres Vaters in Afrika und was für ein guter Mensch er war und wie aufgeregt sie wegen des Wiedersehens war.

»Deshalb gehe ich nicht zu dieser blöden Party«, vertraute sie ihm an. »Ich werde ihn am Flughafen abholen.«

Tony sah sie stirnrunzelnd an. »Und deine Mutter weiß nichts davon?«

Sophie schüttelte den Kopf. »Dann würde sie absolut durchdrehen, sie hat für meinen Vater nicht mehr besonders viel übrig. Wahrscheinlich möchte sie deshalb nicht, dass ich da hingehe, nur damit er sich ordentlich mies fühlt. Aber egal, was sie nicht weiß, macht sie nicht heiß.«

Tony wollte noch etwas sagen, als sein Vater die Trennscheibe hinuntergleiten ließ und Sophie zurief: »Nebentor okay?«, und an einer Parkbucht in der Nähe der Schule anhielt.

»Wunderbar, tausend Dank, Mr. Baxter«, sagte sie. »Übrigens, wie teuer ist es, mit einem Taxi von Fulham nach Heathrow zu fahren?«

»Ungefähr 28 Pfund«, antwortete Tonys Vater.

»Oh«, sagte Sophie.

Und wieder war ein wundervoller Einfall gestorben.

## Zickige Zankereien

Sophie eilte in den Garderobenraum und holte den Brief aus ihrer Schulmappe heraus. Sie blickte sich um und sah, dass das Glück auf ihrer Seite war. Keine ihrer Freundinnen und niemand aus Annabels engerem Bekanntenkreis waren in der Nähe. Sie holte eine Rolle Tesafilm aus ihrem Federmäppchen und klebte den Brief außen an Annabels Spind. Auf diese Art kam sie vielleicht damit durch.

»Du falsche kleine Schlange!«

Das Herz rutschte ihr in die Hose. Sie würde nicht damit durchkommen.

Sie drehte sich um und da stand Annabel, die Hände auf die Hüften gestützt, und sah sie wütend an. Neben ihr stand Kate und sah aus, als ob sie Sophie mit nackten Händen erdrosseln wollte.

»Du *warst* es also wirklich!« Annabel gab ihr einen Stoß und Sophie sah Tränen in ihren Augen. Da ging es ihr gleich noch schlechter.

»Hör mal, ich hatte doch gar nicht die Absicht …« Sophie hätte sie gern beruhigt. »Ich habe es echt vergessen.«

»Erzähl mir nicht solch einen Blödsinn!«, brüllte Annabel. »Das war ja bloß eine miese Tour, um dich an mir zu rächen, weil ich so eine miese kleine Ratte wie dich nicht auf meiner Party haben wollte! Ich dachte schon, Tim hätte unsere Verabredung vergessen, und die ganze Zeit hattest du die Eintrittskarte in seinem Brief. Ich finde dich zum Kotzen!«

»Eintrittskarte?« Sophie schluckte. »Was für eine Eintrittskarte?«
»Ja, eine Eintrittskarte«, mischte sich Kate ein und legte einen schützenden Arm um Annabel. »Tim hatte megatolle Plätze für ›The Seahorses‹, aber er hatte ein Auswärtsspiel in Epping und dachte, er würde sie vielleicht verlieren oder der Bus könnte Verspätung haben oder es könnte sonst was passieren...«
»Deshalb«, schaltete sich jetzt auch Sarah ein, die dazugekommen war, »hat er Annabel ihre Karte geschickt und geschrieben, er würde sie beim Eingang treffen, für den Fall, dass er sich verspäten würde. Aber dank deines Eingreifens hat sie den Brief ja nie gekriegt.«
»Das tut mir wirklich ganz ehrlich Leid«, stotterte Sophie.
»Oh, das wird dir noch Leid tun, das kannst du mir glauben!«, wütete Annabel. »Als ich nicht auftauchte, dachte Tim, ich hätte ihn sitzen gelassen.«
Deshalb sah er so betroffen aus, als ich ihm sagte, ich hätte ihr den Brief gegeben, überlegte Sophie. Ich hätte nicht lügen sollen. »Und warum hat er dich nicht angerufen?« Sie versuchte zumindest ein bisschen Verantwortung an seiner Türschwelle zu deponieren.
»Weil er meine Telefonnummer nicht dabeihatte!«, brüllte Annabel. »Sie steht nicht im Telefonbuch und er hat ein schrecklich schlechtes Gedächtnis.«
»Ja«, stimmte Sophie ihr zu, »ich weiß es noch. Ja, das hat er, stimmt.«
Annabel tat so, als hätte sie diesen Hinweis auf die ehemalige Verbindung zwischen Sophie und Tim überhört, und hackte weiter auf ihr herum.

»Erst als mein Bruder es ihm auf den Kopf zu sagte und als er behauptete, er hätte dir den Brief gegeben, haben wir geschnallt, was passiert ist. Tim sagte, er hätte es eigentlich besser wissen müssen, als so einer kleinen Spaßverderberin wie dir den Brief anzuvertrauen ...«

»Was?« Sophie wurde ganz schlecht.

»Wir wissen doch alle, dass man mit dir keinen Spaß haben kann«, sagte Annabel verächtlich. »Aber wir wussten nicht, dass du auch anderen Leuten ihren Spaß verderben würdest. Nur weil Tim mich lieber hat als dich ...«

»Und Annabel dachte, er wäre mit einer anderen ausgegangen«, unterbrach Kate, »weil das Au-pair-Mädchen sagte, er wäre mit einem Mädchen verabredet. Damit war natürlich eigentlich Annabel gemeint, nur du hast ihr alles verdorben ...«

»Ach, halt doch die Klappe!«, brüllte Sophie, die für heute genug Vorwürfe hatte einstecken müssen. »Ich hab einen Fehler gemacht, okay? Es tut mir echt Leid, dass ich den Brief vergessen habe, und es tut mir sehr Leid, dass dein Abend ins Wasser gefallen ist. Ich werde auch nicht zu deiner Party kommen, wenn es dir dann besser geht«, fügte sie hinzu, im vollen Bewußtsein, dass sie das sowieso nie vorgehabt hatte.

»Da hast du ganz Recht, da kommst du nicht hin!«, erwiderte Annabel. »Als ich meiner Mutter erzählte, was du getan hast, sagte sie, sie würde deiner Mutter mitteilen, dass wir dich nicht bei uns sehen wollten. Ätsch!«, beendete sie den Satz kindisch.

Sophies Gedanken rasten. Auf keinen Fall durfte ihre Mutter herausfinden, dass sie nicht zu dieser Party gehen würde. Dann würde ihr ganzer toller Plan ins Wasser fallen.

»Ach, nun komm schon, Annabel«, sagte sie beschwichtigend. »Du musst doch jetzt nicht noch unsere Mütter hineinziehen. Ich komme nicht, okay? Ich bezahle für die Karten. Bloß lass meine Mutter draußen.«
»Das kann ja wohl nicht ich selbst entscheiden, oder?« Annabel freute sich an Sophies offensichtlichem Unbehagen. »Soweit ich weiß, könnte meine Mutter bereits bei deiner angerufen haben.«
Falls sie das gemacht hat, dachte Sophie, brauch ich eigentlich gar nicht mehr nach Hause zu gehen.

»Stimmt das?« Amy bedrängte Sophie in der Frühstückspause. »Hast du wirklich Annabels Karten versteckt?«
»Natürlich hab ich das nicht gemacht!«, gab Sophie zurück und erzählte ihrer Freundin die ganze Geschichte. Sie wartete darauf, dass Amy ihr sagen würde, sie sollte sich mal keine Sorgen machen, denn so ein Fehler hätte ja jeder passieren können.
»Du hättest ihr den Brief sofort geben müssen«, sagte Amy streng. »Du hast zugegeben, dass du ihn erst mal bei dir behalten hast, weil du wütend auf sie warst.«
»Na ja, so gesehen, ja«, gab Sophie zu. »Aber ich wollte ihn nicht länger als ein paar Stunden zurückhalten. Ich hab ihn dann eben vergessen.«
»Aber als ich dir beim Einkaufen das von Annabel erzählt habe, hast du mir kein Wort von dem Brief gesagt und da muss dir doch schon klar gewesen sein, was passiert ist.«
Sophie senkte die Augen.
»Ich fühlte mich so schuldig«, gestand sie. »Ich dachte, du würdest glauben, ich hätte es absichtlich getan.«

»Du hättest sie aber sofort anrufen und es ihr erklären müssen«, sagte Amy. »Früher hättest du das auch getan, aber du hast dich verändert. Und ich finde das nicht sehr nett.«

Und damit warf sie den Kopf in den Nacken und marschierte davon, um sich bei den Tennisplätzen zu Sarah zu gesellen.

Niemand mag mich mehr, dachte Sophie unglücklich. Allen wäre es völlig egal, wenn ich tot umfallen würde. Außer Papa. Er ist der einzige Mensch, der mich überhaupt noch bei sich will. Ach, wenn es doch schon Samstagabend wäre.

## Ein guter Haartag

»Sophie!« In dem Augenblick, in dem Sophie die Tür zum »Töpferschuppen« öffnete, ertönte die Stimme ihrer Mutter aus der hintersten Ecke des Ladens.

»Hausaufgaben!«, rief Sophie und ging geradewegs auf die Treppe zu. Es war der verzweifelte Versuch, einem möglichen Wutausbruch ihrer Mutter zu entkommen, die ihr jetzt vielleicht die schlimmsten Beschimpfungen an den Kopf schleudern wollte. Dass sie sich bisher noch niemals an einem Freitag mit Hausaufgaben abgegeben hatte, war jetzt völlig egal, sie hätte sogar alle Sonette von Shakespeare auswendig gelernt, wenn sie damit ihre Mutter auf Abstand halten konnte.

»Nicht so schnell!« Vanessa kam durch den Laden auf sie

zugeschritten und balancierte dabei sorgfältig einen Stapel von handbemalten japanischen Cocktailtabletts. So ein Pech aber auch, dachte Sophie.
»Jetzt hör mal zu«, sagte ihre Mutter, »und sag nichts, bis ich fertig bin.«
Jetzt kommt es knüppeldick, dachte Sophie und ihr war ganz elend zu Mute. Mrs. Winterton hat sich gemeldet.
»Ich weiß, du wirst gleich wieder sagen, dass es mich nichts angeht und dass du genau weißt, was du tust ...«
Nun mach schon, dachte Sophie. Gib mir Hausarrest und lass es endlich vorüber sein.
»... aber ich hab für dich einen Termin beim Frisör gemacht«, beendete Vanessa ihren Satz in aller Eile. »Für die Party. Du kannst dir auch eine Tönung machen lassen, ich versprech es dir. Solange es nicht etwas ganz schrecklich Ausgefallenes ist.«
Sophie starrte sie an. »Was?«
Vanessa hielt eine Hand hoch. »Ich weiß, du gehst nicht gern zum Frisör, deshalb habe ich dich in einem ganz netten kleinen Salon angemeldet. Er ist nicht so Schickimicki und die Frisörinnen sind da nicht so arrogant. Dein Termin ist um halb sechs. Heute. Jetzt reg dich nicht auf ...«
Sophie entwich ein Riesenseufzer, sie sprang hoch und umarmte ihre Mutter. »Mama, das ist ja wunderbar!« Eine Welle der Erleichterung überrollte sie. »Ich zieh mich um und geh gleich hin.«
Vanessa sah erstaunt, wie ihre Tochter die Treppe zu der Wohnung hochrannte und immer gleich zwei Stufen auf einmal nahm. Sie hatte nicht mit ihr gestritten. Sie hatte ihrer Mutter nicht vorgeworfen, dass sie sich einmischte oder

total uncool oder sogar durchgeknallt wäre. Sie hatte nicht einmal nachgefragt, was ihre Mutter mit »schrecklich ausgefallen« gemeint hatte.

Irgendwas, dachte Mrs. Cross, ist nicht so, wie es sein sollte. Aber da es keine Wutausbrüche oder verschlossene Zimmertüren zur Folge hatte, würde sie ihre Zeit nicht verschwenden und sich deswegen den Kopf zerbrechen. Im Augenblick würde sie sich erst mal gern an die Umarmung erinnern.

»Ich glaube, die gefällt mir«, sagte Sophie zu der großen schlanken Frisörin mit dem Haarfarbenbuch. »*Himmlischer Honig.*«

Sie blätterte eine Seite weiter. »Oder wie wär's denn damit: *Flammende Fuchsie?*«

Die Frisörin runzelte die Stirn. »Hm...«, fing sie an.

»Ach, nun hab dich nicht so, Mädchen, sag der Kleinen, dass sie damit wie eine gegrillte Tomate aussieht!«

Sophie drehte sich verärgert um. »Es geht hier um meine Haare, wenn es Ihnen nichts ausmacht... Oh!«

Neben ihr saß in einem schwarzen Gewand und mit einer Ansammlung von Klipps und Lockenwicklern im Haar unter einer Plastikhaube die karibische Frau, die neulich Zeugin ihrer schlechten Laune im Laden gewesen war.

»Guten Tag auch!«, strahlte die Frau. »Du bist Sophie, nicht wahr? Ich heiße Agatha. Agatha Burnbright. Und bitte, mein Schätzchen, nimm nicht diese schreckliche rote Farbe.«

Sophie runzelte die Stirn. Sie hatte gedacht, das würde sehr schick aussehen. »Und warum nicht?«, fragte sie mit einer Spur von Schmollen in ihrer Stimme.

Die Farbtechnikerin verlagerte ihr Gewicht auf den linken Fuß, gähnte und sah gelangweilt in die Gegend.

»Na ja«, rief Mrs. Burnbright mit ihrer tönenden Stimme, »du willst doch etwas, was diese wunderhübschen Augen und deinen Elfenbeinteint betont, so was wie das«, fügte sie hinzu und zeigte auf eine Haarsträhne, unter der *Leuchtende Buche* stand. »Und dann vielleicht hinten ein bisschen kürzen und etwas weg über den Ohren, damit man deine Wangenknochen richtig gut sieht.«

Die Frisörin nickte und vermittelte den Eindruck, dass sie Sophie gern skalpiert hätte, falls sie sich nicht endlich zu etwas entschließen konnte.

»Ist das Ihre ehrliche Meinung?«, fragte Sophie Mrs. Burnbright.

»Aber ja, du siehst dann bestimmt toll aus, aber andererseits brauchst du auf meine Meinung nicht weiter zu achten. Ihr Teenie-Hoppers wisst ja immer ganz genau, was ihr wollt.«

Sophie lachte. »Boppers«, sagte sie.

»Wie bitte?«

»Boppers, es heißt Teenie-Boppers. Es sieht ja vielleicht ganz hübsch aus«, sagte sie nachdenklich. »Aber wenn es nicht hinhaut?«

»Das klappt bestimmt«, sagte die Frisörin, warf einen Blick auf ihre Uhr und alle Hoffnung über Bord, dass sie noch rechtzeitig zur Vorabendfernsehserie zu Hause sein würde.

»Du kannst mir vertrauen«, sagte Agatha und nahm eine dicke Strähne von Sophies Haaren in ihre Hand und betrachtete sie sehr aufmerksam. »Bin ich vielleicht eine doofe

Zwanzigjährige? Seh ich nicht wie eine aus, die genau weiß, was Sache ist?«

Sophie grinste. Die Frau war sogar älter als ihre eigene Mutter.

»Okay«, sagte Sophie und sah zu der Frisörin hoch. »Dann machen wir's so.«

Sie wandte sich wieder Agatha zu. »Aber ...«

»Ja?«

»... wenn meine Mutter einen Anfall kriegt, dann schicke ich sie zu Ihnen. Ist das okay?«

Mrs. Burnbright warf ihren Kopf zurück und ließ ein dröhnendes Gelächter erschallen. »Okay!« sagte sie. »Obwohl deine Mutter nicht so aussieht, als ob sie auch nur eine Minute Zeit übrig hätte, um sich wegen der neuen Frisur ihrer Tochter herumzustreiten. Ich finde diesen Laden von ihr einfach wundervoll, ich geh fast jeden Tag hin und stöbere da ein bisschen herum und ich kann nur sagen, sie ist wirklich eine äußerst beschäftigte Dame!«

»Da sagen Sie mir nix Neues.« Sophie seufzte. »Sie hat für nichts anderes Zeit, nur für ihre Arbeit. Das wurde erst richtig schlimm, als die Frau, die ihr nachmittags immer im Laden half, Zwillinge kriegte und kündigte. Manchmal muss ich mich im Spiegel davon überzeugen, dass ich noch nicht unsichtbar bin.«

Agatha lachte leise. »Ach du liebes bisschen, das sind die Härten, wenn man – wie alt bist du, Schätzchen? Fünfzehn?«

»Eigentlich vierzehn«, sagte Sophie. »Finden Sie, dass ich wie fünfzehn aussehe?«

»Aber bestimmt«, sagte Mrs. Burnbright und kreuzte ihre mächtigen Arme über ihrem noch mächtigeren Busen. »Und wenn du erst mal diese Frisur hast, dann würde es mich nicht wundern, wenn du sogar noch älter aussiehst.«

Ich glaube, dachte Sophie, ich mag diese Frau.

Sophie amüsierte sich ganz hervorragend. Mit Agatha machte es richtig Spaß. Sie fragte Sophie, ob sie sich schon entschieden hätte, was sie von der letzten Samstagabendshow im Fernsehen hielt, die Agatha nicht so gut fand wie die vorigen Folgen. Agatha erzählte von ihrer Tochter, bei der sie wohnte und die alle Leute herumkommandierte, und von ihrem Enkel, der ein phantastischer Künstler wäre und später mal Kinderbücher illustrieren wollte.

Und als Sophie von der Arbeit ihres Vaters in Afrika erzählte, stellte Agatha eine Menge Fragen und schien Sophies Ansicht zu teilen, dass er der reinste Superstar war.

»Ich hole ihn morgen am Flughafen ab«, sagte Sophie und dann unterbrach sie sich, weil ihr wieder einfiel, dass sie eigentlich an dieser Party-Lüge festhalten musste.

»Das findet er bestimmt toll«, sagte Agatha. »Besonders wenn er von einer so hinreißenden Tochter abgeholt wird.«

Sophie war noch nie in ihrem Leben »hinreißend« genannt worden. Sie betrachtete sich mit neuem Interesse im Spiegel.

»Mrs. Burnbright!«, rief die Empfangsdame quer durch den Salon. »Ihr Enkel ist hier.«

»Was soll das denn, was will der denn hier?«, rief Agatha zurück. »He – das hat wehgetan!« Sie warf ihrer Frisörin einen gespielt bösen Blick zu und drehte sich dann zu einem Jungen um, der hinter sie getreten war.

Sophie musterte gerade mit großer Aufmerksamkeit ihre

Buchenlocken, als sie eine bekannte Gestalt in dem großen Spiegel sah.

»Hallo, Gran, ich hab meine Schlüssel vergessen und Ma ist immer noch auf der Arbeit, kann ich mal bitte deinen borgen?«

Es war Tony.

Sophie stand der Mund offen. »Tony!«

Tony runzelte die Stirn, blinzelte in den Spiegel und dann strahlte er, als er sie erkannte. »Sophie, du siehst so anders aus! Was sind denn das für Zusselhaare?«

Agatha klatschte mit der Hand auf ihren breiten Oberschenkel. »Zusselhaare, also wirklich!«, rief sie aus. »Das ist ein Fransenpony und er steht ihr hervorragend.«

»Cool«, sagte Tony. »Nun komm schon, Gran, kann ich den Schlüssel haben? Ich bin am Verhungern.«

Doch Mrs. Burnbright wollte sich nicht hetzen lassen.

»Scheint ja so, als ob ihr zwei euch kennt, wie denn das? Oh, wart mal, Tony, ist das nicht – das ist das Mädchen, von dem du die ganze Zeit erzählt hast, von der du sagst, dass du für sie schwä…«

»Gran!«, zischte Tony und schob seine Brille vor Verlegenheit heftig nach oben.

»Tja, so was, sie ist aber auch ein hübsches Ding!« Agatha strahlte wie eine, die gerade einen europäischen Gipfel bewältigt hatte. »Melinda, bitte eine Tasse Tee.«

Sie fischte in ihrer riesigen Einkaufstasche herum und holte eine Kuchentüte heraus.

»Nimm dir ein Stück Möhrentorte, Sophie. Und du, Tony, hampel nicht so rum und setz dich hin. Na, ist das hier nicht gemütlich?«

»Und du findest wirklich, es sieht okay aus?«, fragte Sophie noch einmal, als Tony sie bis zu ihrer Straßenecke begleitete.

»Ja, klar«, sagte er.

»Du klingst aber nicht sehr überzeugend«, sagte Sophie.

»Na ja, ich meine, du bist immer noch du, oder?«, sagte Tony. »Ob deine Haare nun schwarz, braun oder weiß-rot und blau sind. Du bist es, die ich mag.«

Sophie sah ihn an: »Wirklich?«

»Ja, als eine Kumpelin eben.«

»Ach ja, klar, natürlich«, sagte Sophie.

Tony war schließlich nicht einer von den Jungen, mit denen man irgendwas anderes als Kumpel sein konnte.

»Deine Großmutter hat gesagt, du willst Illustrator werden.« Sophies Herz klopfte auf einmal ziemlich schnell. Wahrscheinlich war das die Aufregung über die neue Frisur.

Tony nickte. »Na, mach schon, lach jetzt«, sagte er.

Sophie runzelte die Stirn. »Warum?«

»Weil die meisten Leute das machen.«

»Ich bin aber nicht die meisten Leute«, sagte Sophie bestimmt.

»Das weiß ich. Das ist ja einer der Gründe, weshalb ich dich mag.« Er schwieg und stieß mit der Schuhspitze an die Kante des Bordsteins. »Hättest du vielleicht Lust – ach, nee, ich glaube nicht – nein.«

»Wie bitte?«

»Ich wollte dich fragen, ob du morgen Nachmittag mitkommen willst. Es gibt da eine Ausstellung, aber bestimmt findest du so was wahrscheinlich doof und es war überhaupt eine ganz blöde Idee – ich weiß gar nicht, warum ich davon angefangen habe«, stieß er hervor und seine Worte überstürzten sich förmlich. »Ich muss jetzt zurückgehen.«

»Tony«, sagte Sophie.

»Ja?« Er untersuchte immer noch die Pflastersteine unter seinem Fuß, was seine Brille wieder bis zur Nasenspitze rutschen ließ.

»Ich würde schrecklich gern mitkommen zu dem, wovon du gerade so rumgestottert hast.«

»Echt?« Tonys Gesicht strahlte und er rammte seine Brille begeistert wieder auf die Nase hoch.

»Das ist bestimmt besser als das Gelaber von meiner Mutter über Rattanlampenschirme. Oh, das meinte ich nicht so, wie es jetzt geklungen hat.«

Tony grinste. »Ist schon okay. Ich hol dich um zwei ab.«

Sophie machte den Mund auf, um was zu sagen.

»Und ja, wir werden bestimmt früh genug zurück sein, damit du rechtzeitig deinen Vater abholen kannst.«

»Woher wusstest du, dass ich das sagen wollte?«

»Ich wusste es eben.«

Aus irgendeinem Grund fühlte sich Sophie nach diesen Worten äußerst gut.

## Sophie auf der Ausstellung

Sophie verbrachte den Samstagmorgen mit dem Lackieren ihrer Fingernägel in Senfgelb und Flammenfeuer, zupfte ihre Augenbrauen, bleichte ihre Oberlippe und rasierte sich die

Beine. Natürlich tat sie das nicht, weil sie mit Tony verabredet war. Er war nicht der Typ Junge, für den man sich großen Anstrengungen unterzieht. Aber ihre Mutter sollte glauben, dass sie wirklich zu der Party gehen würde, und sie wollte für ihren Vater echt cool aussehen. Als er sie das letzte Mal gesehen hatte, war sie noch ein dreizehnjähriges Kind gewesen, mit mausbraunem Haar und einer Zahnspange. Er sollte jetzt gleich merken, dass er der Vater von einer Tochter mit Stil und Ausstrahlung war. Sie fragte sich, ob er sie überhaupt erkennen würde.

Wieder und wieder war sie in Gedanken den Plan für den Abend durchgegangen. Ihre Mutter hatte ihn ihr, ohne es zu wissen, direkt in die Hände gespielt.

»Hör mal, Liebling«, hatte sie gesagt, bevor sie den Laden aufgemacht hatte, »wie wär's denn, wenn du mit mir im Taxi bis zu den Sutcliffes fahren würdest und ich dann dem Fahrer sage, er soll dich bis zu Annabels Adresse bringen? Es gibt heute irgendwelche größeren Fußballspiele und da möchte ich nicht so gern, dass du mit der U-Bahn fährst.«

Super, dachte Sophie. Sie würde dem Fahrer dann sagen, dass er sie an der Gloucester Road aussteigen lassen sollte, und dort die U-Bahn nach Heathrow nehmen. Sie war so aufgeregt, dass sie ein breites Grinsen auf ihrem Gesicht nicht verhindern konnte.

»Na bitte, Liebling!«, sagte ihre Mutter triumphierend. »Ich wusste doch, dass diese Party deine Lebensgeister wecken würde. Oh, das erinnert mich daran: Claudia hat gestern zweimal angerufen, als ich bei meinem Großhändler war, ich muss sie noch zurückrufen.«

»Nein, das brauchst du nicht!«, war Sophie rausgerutscht, bevor sie es gemerkt hatte.

Mrs. Cross hob fragend die Augenbrauen.

»Die hat doch bestimmt jetzt hundert Sachen zu tun wegen der Party und dem Ganzen«, plapperte Sophie los. »Du willst sie doch nicht in einer schlechten Stimmung erwischen, besonders wenn sie noch mit dir über ihren Wintergarten reden wollte.«

Vanessa sah ihre Tochter anerkennend an. »Das hast du dir aber gut überlegt, du hast Recht, ich warte lieber bis zum Montag.«

Sophie machte die Augen zu und schickte ein stilles Gebet gen Himmel. »Ach übrigens«, sagte sie, um ihre Mutter noch weiter abzulenken, »ich gehe heute Nachmittag weg.«

»Willst du mit Amy einen Schaufensterbummel machen?«, erkundigte sich Vanessa, die mit der Tatsache vertraut war, dass Sophie und ihre Freundinnen Entzugssymptome zeigten, wenn sie sich länger als einen Tag von den Läden und Boutiquen fern hielten.

»Zu einer Ausstellung«, sagte Sophie mit einem Mund voll Müsli. »Mit Tony.«

»Tony?« Wie gewöhnlich lenkte der Name eines Jungen die Aufmerksamkeit ihrer Mutter ganz gezielt auf ein bestimmtes Thema.

»Das ist dieser Typ«, sagte Sophie unbestimmt.

»Was meinst du mit ›dieser Typ‹?«, wollte ihre Mutter wissen und legte ihre Stirn in Falten. »Kennen wir ihn?«

»Na, ich kenne ihn, sonst würde ich doch nicht mit ihm dahin gehen, oder?«, gab Sophie zurück.

»Gehen?«
»Na ja, nicht so wie miteinander gehen, sondern nur gehen.« Sophie seufzte und fragte sich, welches Gen bei ihrer Mutter fehlte, weil sie die einfachsten Tatsachen immer nicht begriff.
»Sophie, bitte sprich in verständlichem Englisch.«
»Tony geht zum KHC«, sagte sie. Ihre Mutter entspannte sich sichtlich. »Er ist ein Freund von Tim«, sagte sie ein bisschen erfinderisch, weil sie gar nicht wusste, ob Tony schon jemals ein einziges Wort mit Tim gewechselt hatte.
»Oh, das klingt ja dann ganz in Ordnung«, sagte Vanessa und schälte graziös eine Banane. »Wenn er mit Tim befreundet ist ... so ein netter Junge. Ich hab ja nie verstanden, warum du und er ...«
»Mama! Das müssen wir doch jetzt nicht wieder alles durchkauen«, sagt Sophie. »Egal, Tony will zu irgendeiner Ausstellung und hat gefragt, ob ich nicht mitkommen will, und ich dachte, es könnte ganz interessant sein.«
Vanessa sah verwundert aus, als ob Sophie ihr die Absicht angekündigt hätte, dass sie den Nachmittag mit dem Studium der Makrobiotik zubringen wollte. »Klingt wunderbar, Liebling. Das freut mich so, dass du dich langsam mal für irgendwelche Kultursachen interessierst. Jetzt erzähl mir doch noch ein bisschen von diesem neuen Freund ...«
»Er ist nicht mein Freund!«, betonte Sophie. »Er ist nur ein Kumpel.«
»Was auch immer«, sagte Vanessa. »Egal, du musst ihn mal mit in den Laden bringen, damit ich ihn kennen lernen kann.«
Oh, Hilfe, dachte Sophie. Sie wollte garantiert nicht, dass

ihre Mutter sich jetzt auf den armen Kerl stürzte und ihren Charme verströmte und lächerliche Fragen stellte. Das wäre unerträglich. Obwohl es natürlich völlig egal war, wie ihre Mutter sich Tony gegenüber benahm. Er war ja nicht irgendwer Besonderes.

Bis zwei Uhr hatte Sophie dreimal versucht Amy anzurufen, um zu überprüfen, ob sie trotz ihrer Meinungsverschiedenheit immer noch sagen konnte, dass Amys Mutter sie nach Hause bringen würde.

»Ich glaube schon«, sagte Amy zögernd beim dritten Anruf. »Bloß, ich weiß überhaupt nicht, warum ich wegen dir lügen soll.«

»Das musst du ja gar nicht«, versicherte ihr Sophie. »Dazu kommt's bestimmt nicht.«

»Das wäre auch besser«, sagte Amy. »Und was machst du heute Nachmittag?«

»Ich gehe mit so 'nem Typen wohin«, sagte Sophie.

»Mit was für 'nem Typen?« Wie gewöhnlich löste sich Amys Reserviertheit bei der bloßen Erwähnung von etwas Männlichem in Luft auf.

»Och, das ist nur so 'n Kerl, dem ich begegnet bin«, sagte Sophie. »Ich muss mich jetzt beeilen.«

Ihr war so, als ob die Freundschaft zu Amy jetzt wieder etwas ausgewogener war.

»Das war genial!«, rief Sophie aus, als sie aus der Chelsea Town Hall kamen. »Ich hatte ja gar keine Ahnung, dass die Geschichte von Kinderbüchern solchen Spaß machen könnte!«

»Ich hatte Angst, du würdest mich absolut uncool finden, weil ich zu so was gern hingehe«, gestand Tony.

»Warum denn? Deine Großmutter hat gesagt, du willst irgendwann mal später Bücher illustrieren, da musst du ja unheimlich gut in Kunst sein.«

Tony zuckte die Achseln. »Ich zeichne wahnsinnig gern«, sagte er einfach. »Aber ob ich jemals so gut sein werde, dass ich auch Aufträge kriege – wer weiß das schon? Was willst du denn mal werden?«

Sophie seufzte. »Ich ändere dauernd meine Pläne«, sagte sie. »Vielleicht Krankenschwester oder Sprachtherapeutin. Irgendwas Nützliches, ich möchte gebraucht werden.«

Warum sie das sagte, wusste sie nicht. Sie hatte das noch nie zu irgendjemandem gesagt. Sie hatte bisher selber nicht gewusst, dass sie so etwas gern tun wollte. Aber sobald ihr die Worte rausgerutscht waren, wusste sie, dass es stimmte.

Sie merkte, wie ihre Wangen heißer wurden. »Das klingt ziemlich bescheuert, nicht wahr?«, murmelte sie.

»Nein«, sagte Tony ganz ruhig. »Klingt für mich sogar ziemlich gut.«

Sie blieben an der Ecke der Beaufort Street stehen und sahen einander an.

»Das hat echt Spaß gemacht«, sagte Sophie. »Ich wäre zu so was nie hingegangen, wenn du mich nicht gefragt hättest.«

Tony lächelte. »Ich geh jetzt nach Hause und versuche ein paar von diesen Bildern nachzuzeichnen, solange ich sie noch im Gedächtnis habe.«

»Okay«, sagte Sophie fröhlich. »Dann – tschüss.«

Tony drehte sich um, blieb aber noch stehen. »Sophie?«

»Ja?«

»Um wie viel Uhr bist du mit deinem Vater verabredet?«

»Sein Flugzeug landet um neun Uhr, also muss ich wohl so um acht los.«

Tony nickte und sah ihr direkt in die Augen. »Pass gut auf dich auf, ja?«

Sophie grinste. »Natürlich.«

Als sie die Treppe zu ihrem Zimmer hochging, versuchte sie sich daran zu erinnern, wann ein Junge ihr das letzte Mal gesagt hatte, sie sollte gut auf sich aufpassen. Sie konnte sich nicht an ein einziges Mal erinnern.

Tony war echt sehr süß.

## Verschiedenes Nachhausekommen

Sophie stand in der Ankunftshalle im Flughafen Heathrow und sah völlig gebannt dem Treiben und den Aktivitäten um sie herum zu. Ein ganzer Schwarm von Schmetterlingen schlug tief in ihrem Magen doppelte Saltos und ihre Hände waren feucht und klebrig. Sie war schon dreimal zur Toilette gegangen und hatte sich vergewissert, dass ihr Lippenstift nicht verschmiert war und dass ihre neue Hologramm-Haarspange genau an der richtigen Stelle saß. Sie hatte die Auslagen des Sockenladens und des Souvenirladens einer genauen Besichtigung unterzogen und zwei Tassen Kaffee getrunken, die sie gar nicht wirklich gewollt hatte, nur damit die Zeit schneller verging. Sie warf einen Blick auf die Anzeigentafel hoch über ihr.

| Flug Nr. | von | Gelandet |
|---|---|---|
| BA 456 | Maputo | Gepäck in der Ankunftshalle |

»Endlich!«, rief Sophie laut aus und schlug die Hände freudig zusammen, was einige Umstehende zum Lächeln brachte.

Sie rannte zu der Absperrung und quetschte sich zwischen eine große afrikanische Dame mit einem grellbunten Turban und einen ängstlichen kleinen Mann mit dünnen Lippen, der ein Schild umklammert hielt, auf dem »M. I. Metalle – Mr. Lumodo« stand.

Es schien eine Ewigkeit zu dauern, bis ein paar Leute endlich mit ihren Gepäckwagen voller Koffer und Golftaschen und Duty-free-Whisky von der Zollabfertigung herüberkamen. Sophie hätte im nächsten Augenblick Magenschmerzen gekriegt, weil sie schon befürchtete, dass der einzige Mensch, den sie sehen wollte, den Flug verpasst hatte, als ein hoch gewachsener schlanker Mann mit sonnengebräuntem Gesicht um die Ecke geschlendert kam. Er hatte einen mitgenommenen, abgewetzten Segeltuchrucksack lässig über eine Schulter geworfen und zog einen großen zerbeulten braunen Koffer hinter sich her.

»Papa!«, brüllte Sophie, hüpfte auf und nieder und winkte.

Das Problem war nur, dass tausend andere Leute ebenfalls aus vollem Halse »Papa!« und »Mama!« und »Tante

Jenny!« und »Liebling!« schrien, und Clive Cross schritt einfach vorwärts, ohne nach rechts oder links zu schauen.

Sophie raste bis zum Ausgang, stellte sich dort auf und beobachtete ihn. Plötzlich war sie ganz aufgeregt, als ob sie jemanden abholen wollte, den sie gar nicht richtig kannte. Wenn ihr nun überhaupt keine Sätze einfielen? Wahrscheinlich fand er, dass sie ganz fürchterlich aussah.

Als er die letzte Absperrung passiert hatte, blieb er stehen und blickte sich suchend in der Halle um.

»Hallo, Papa!« Sophie tippte ihm auf den Arm. »Ich bin's!«

Clive drehte sich herum und riss vor Erstaunen die Augen weit auf. »Sophie? – Sophie!« Er ließ seinen Rucksack und seinen Koffer los und umarmte sie, als ob er sie nie wieder loslassen wollte. Er roch nach Ingwer und warmer Erde und sein Kinn war kratzig vor lauter Bartstoppeln.

Er drückte Sophie ganz fest und dann hielt er sie auf Armeslänge von sich weg und betrachtete sie von Kopf bis zu den Füßen in den todschicken neuen grünen Schuhen.

»Ich kann es einfach nicht fassen! Du bist derart hübsch! Aber was ist mit deinen Haaren? Sie waren blond, als ich abfuhr.«

Sophie lachte. »Inzwischen waren sie kastanienrot, schwarz und rostrot. Aber das hier gefällt mir ganz gut – dir auch?«

»Sophie, es ist super! Du siehst ja ganz erwachsen aus.« Er lachte leise. »Ach, nein, das klingt ja wie so eine typische Erwachsenenbemerkung, nicht wahr? Wenn ich nicht aufpasse, dann werde ich dich demnächst auch noch fragen, wie dir die Schule gefällt!«

»Mach das bloß nicht!«, stöhnte Sophie.

»Ist es denn so schlimm, ja?« Clive hob seine Tasche auf und fasste nach dem Griff von seinem Koffer. »Ist deine Mutter irgendwo in der Gegend?«, fragte er beiläufig und schaute sich noch einmal genau in der Halle um.

Sophie schüttelte den Kopf. »Nein, ich bin nur da. Sie ist auf irgendeiner Nobelparty. Wegen dem Geschäft«, fügte sie hastig hinzu, weil sie nicht wollte, dass sich ihr soeben angekommener Vater durch die Abwesenheit seiner Exfrau vernachlässigt fühlen sollte.

Clive runzelte die Stirn. »Du bist also ganz allein hierher gekommen? Hat sie dir das erlaubt? Wie bist du denn hergekommen?«

»Mit der U-Bahn«, erwiderte Sophie und vermied geschickt die Antwort auf die ersten zwei Fragen von ihrem Vater. »Komm schon, Papa, wir trinken eine Tasse Kaffee – ich möchte unbedingt alles über deine Arbeit wissen. Hat die Schule schließlich doch noch ein Dach gekriegt? Ist die Straße fertig? War der ...«

Clive lachte und hielt eine Hand hoch. »Nun mach mal Pause«, sagte er, »du machst mich ja ganz atemlos. Ich will doch auch etwas von dir hören, aber ich denke mal, wir sollten uns auf die Socken machen. Ich muss noch den Schlüssel von der Wohnung abholen, von dem Nachbarn drunter, und es wird langsam spät.«

»Sollen wir uns dann ein Taxi nehmen?«, fragte Sophie eilig und zeigte auf das Taxi-Zeichen über dem Ausgang.

Clive schüttelte den Kopf. »Reine Geldverschwendung. Eine einzige Fahrt mit dem Taxi könnte die Milch für fünf afrikanische Babys bezahlen. Wir nehmen die U-Bahn.«

»Oh!«, sagte Sophie, die sich auf eine gemütliche Taxifahrt

nach Hause gefreut hatte. Aber dann bekam sie ein schlechtes Gewissen, weil sie ihre Bequemlichkeit für wichtiger hielt als unterernährte Kleinkinder.

Sie gingen zur U-Bahn und Sophie wartete darauf, dass ihr Vater die Fahrkarten kaufte.

»Oh, Liebling«, sagte er. »Ich hab noch kein Geld umgetauscht, hast du genug für uns beide? Ich brauche eine Fahrkarte bis Camden Town.«

Sophie suchte in ihrer Handtasche und nickte. »Gerade eben noch«, sagte sie.

»Ich geb's dir zurück«, sagte ihr Vater. »Jetzt nehmen wir mal die nächste Bahn und dann kannst du mir alle deine Neuigkeiten erzählen.«

Doch letzten Endes war es Clive, der am meisten redete und Sophie davon erzählte, wie das Team in Mosambik ihn gar nicht hatte gehen lassen wollen, weil er die motivierende Kraft hinter dem ganzen Projekt war. Seine Stimme war laut genug, sodass der ganze Wagon es ebenfalls mitbekam.

Er äußerte sich dann noch lang und breit über sein Budget für die Bauarbeiten und dass die Regenfälle in diesem Jahr schlimmer waren als jemals zuvor und dass nur seine Geschicklichkeit als Ingenieur ihre Arbeit zu retten vermocht hatte, sonst wäre die Hälfte aller Errungenschaften wieder verloren gewesen.

Als die Bahn in Acton Town hielt, fing Sophie gerade an, sich bei der Aufzählung dieser Regenfälle ein winziges bisschen zu langweilen, und außerdem waren ihr die viel sagenden Blicke ziemlich peinlich, die ihr Vater von den Passagieren ringsherum zugeworfen bekam.

»Und das ganze Problem lässt sich auf eine einzige Ursache zurückführen«, verkündete ihr Vater. »Armut.«

Sophie wurde wieder etwas lebendiger. »Ich will eine Hausarbeit über Armut schreiben«, teilte sie ihm mit. »Bloß hab ich noch überhaupt keine Ahnung, wie ich das anfangen soll.«

»Echt? Aber das ist ja wunderbar!« Clive zeigte sich dermaßen begeistert, als ob Sophie verkündet hätte, sie wäre dazu berufen, eine Rede vor lauter Universitätsprofessoren zu halten. »Das ist doch genau etwas, wobei ich dir helfen kann, solange ich zu Hause bin.«

Sophie seufzte. »Ich hatte das gehofft, Papa«, gab sie zu. »Aber Mrs. Frobisher sagt, dass es um die Armut hier bei uns gehen soll und nicht um die Armut ganz weit weg in Afrika.«

Clive klatschte mit beiden Händen auf seine Oberschenkel. »Kein Problem. Ich werde doch nicht faul auf meinem Hintern herumsitzen und in den nächsten zwei Monaten die Hände in den Schoß legen, das weißt du doch. Ich werde mich in meine alten Jagdgründe begeben; ich habe schon dem Lowdown-Centre versprochen, dass ich dort an drei Tagen in der Woche arbeiten werde.«

Sophie sah ihren Vater bewundernd an. »Willst du damit sagen, dass du trotz deiner Ferien noch Sozialarbeit machen willst?« Ihr Vater war wirklich ein unglaublich guter Mensch.

»Natürlich.« Clive neigte seinen Kopf wie jemand, der nicht zu tugendhaft wirken will. »Es gibt hunderte von Menschen da draußen«, er zeigte hoch zum Wagendach, »die Hilfe brauchen. Komm doch einfach an einem Tag nach der Schule mit mir mit! Da kommt dir sicher eine Idee für deine Hausarbeit.«

Sophie riss den Mund auf. »Echt? Das würdest du mir erlauben?«

»Dir erlauben? Ich wäre total begeistert«, sagte ihr Vater. »Ich möchte so viel von dir zu sehen kriegen wie nur irgend möglich. Und es gibt bestimmt eine Menge, was du für diese Leute machen könntest.«

Sophie lehnte sich in ihrem Sitz zurück und sah sich im Geiste schon in einer Suppenküche herumwandern, gütig Stirnen streicheln und in der Suppe herumrühren, als der Zug seine Fahrt verlangsamte und bei der Station South Kensington einfuhr.

Sie stand auf. »Kommst du, Papa?«, sagte sie, als ihr Vater einfach sitzen blieb.

»Nein, Liebling, ich hab dir doch gesagt, ich muss nach Camden Town. Wo muss ich denn umsteigen?«

»Am Leicester Square«, sagte Sophie. »Willst du nicht noch für einen Moment mit nach Hause kommen?«

»Zu spät«, sagte ihr Vater. »Hier, nimm das.« Er kritzelte etwas auf einen Zettel. »Das ist die Adresse und die Telefonnummer, ruf mich morgen an und komm mich besuchen und sag mir deine Meinung zu meinem neuen Zuhause. Wir werden irgendwo was essen gehen oder uns was bei einem Imbiss holen.«

»Ehrlich?« Sophies Mutter behauptete immer, das Essen von Imbissbuden wäre was für arme Leute, aber in Wirklichkeit mochte sie es wohl nicht, weil die Currysoße Flecken auf ihre weißen Lederpolstermöbel machen könnte und weil das Aroma der Fritten ewig in der Luft hängen blieb und dadurch die Wirkung ihres Pfirsichpotpourris verdarb. »Und um wie viel Uhr?«

»Wann immer du willst«, sagte ihr Vater großzügig. »Ich werde mich erst mal ein bisschen akklimatisieren müssen.« Sophie stieg aus. Sie blieb auf dem Bahnsteig stehen und winkte ihrem Vater nach, während er in dem dunklen Tunnel verschwand. Dann fuhr sie mit dem Aufzug nach oben und befand sich auf dem Gehweg.

Ihr war etwas unbehaglich zu Mute. Es war Viertel nach elf, dunkel und frostig. Sie wusste, ihre Furcht war unbegründet, weil die Straßen noch voller Leute waren und so viel Verkehr herrschte, dass sie sehr lange brauchte, bis sie die Straße überquert hatte. Aber trotzdem wäre es ihr lieber gewesen, wenn ihr Vater sie nach Hause begleitet hätte. Er war wohl ziemlich beleidigt, weil ihre Mutter sie allein fahren ließ (was natürlich nicht der Fall war, aber das hatte sie ihrem Vater ja nicht sagen können), doch es war ihm nicht eingefallen, dass er selbst sie nach Hause begleiten konnte.

Sie gab sich einen kleinen Ruck. Natürlich konnte ihr Vater nicht mitkommen. Er litt unter der Zeitverschiebung und hatte sein ganzes Gepäck dabei und außerdem war er an das Leben in Afrika gewöhnt und würde bestimmt nicht daran denken, dass man in England auf offener Straße überfallen werden oder über Alkoholleichen stolpern konnte. Sie kannte dieses Viertel von London wie ihre Hosentasche. Es gab überhaupt keinen Grund, sich zu fürchten.

Aber als sie eine Hand auf der Schulter fühlte, sprang sie fast drei Meter hoch und stieß einen kleinen Schrei aus.

Sie wirbelte herum und sah sich Tony gegenüber, der sich in eine Jeansjacke kuschelte und eine Reihe von Heften unter seinem Arm trug.

»Was fällt dir eigentlich ein!«, brüllte sie. Vor lauter Erleichterung war sie jetzt wütend. »Du hast mich zu Tode erschreckt!«

Tony sah ganz bedröppelt aus. »Entschuldigung«, sagte er. »Das war dumm von mir, ich hätte dich rufen sollen. Ich wollte bloß nicht, dass du die Beaufort Street allein langgehst.«

Sophie beruhigte sich wieder. Es war sehr nett, dass sie jetzt doch nicht allein nach Hause gehen musste.

Dann fiel ihr etwas ein. »Woher wusstest du, dass ich hier sein würde?«

Tony sah aus, als wäre ihm die Frage peinlich. Er antwortete nicht, sondern nahm ein Blatt aus einem seiner Hefte und gab es ihr. Dann lief er mit sehr raschen Schritten los, sodass Sophie antraben musste, um ihn einzuholen.

»Mach mal langsamer!«, sagte sie atemlos und blieb stehen, weil sie sich das Blatt Papier anschauen wollte.

Was sie sah, verschlug ihr den Atem. Er hatte mit Kohle eine Skizze von ihr und ihrem Vater gezeichnet, wie sie sich bei seiner Ankunft auf dem Flughafen gegenseitig angesehen hatten. Die Zeichnung war bis in die kleinste Einzelheit absolut perfekt gelungen, bis zu den Stoppeln an Clives Kinn und der eingerissenen Lasche von seinem Rucksack.

Langsam dämmerte es Sophie und sie starrte Tony an: »Du warst da«, entfuhr es ihr. »Du hast mir nachspioniert.«

»Nein, nein, so war's überhaupt nicht«, widersprach er. »Ich wusste ja, dass du dorthin wolltest und dass deine Mutter nicht Bescheid wusste. Da hab ich mir Sorgen wegen der Fußballkrawalle gemacht und was passieren würde, wenn das Flugzeug mit Verspätung ankäme und dein Vater nicht drin säße und du allein nach Hause fahren müsstest, und deshalb dachte ich, wenn ich sicherheitshalber mitkäme und ein bisschen aufpassen würde – ach, na ja, stimmt schon, wahrscheinlich war's völlig bescheuert, was ich getan hab.« Er schnappte sich wieder sein Papier und wandte sich zum Gehen.

»Nein!«, rief Sophie. »Es war echt unheimlich ... na ja, es war echt unheimlich nett. Und diese Zeichnung, die ist einfach toll. Wie kannst du so was so schnell machen?«

Tony zuckte die Achseln. »Das passiert eben so. Ich hab's in der U-Bahn fertig gemacht. Ich war hinten mit bei euch im gleichen Wagon«, gestand er.

»Es ist genial, hast du noch mehr?«

»Zu Hause hab ich viele Schubladen voll. Du könntest ja mal vorbeikommen und sie dir ansehen, ach nein, das ist eine blöde Idee, ich ...« Tony schob energisch seine Brille wieder hoch. Sophie wusste mittlerweile, dass er das immer tat, wenn ihm etwas peinlich war.

»Oh, das würde ich gern«, sagte sie. »Kann ich echt mal gucken kommen?«

Tony nickte und grinste von einem Ohr zum andern.

»Und darf ich das behalten?« Sie sah sich die Zeichnung noch einmal an und merkte zu ihrem Entsetzen, wie ihre Wangen anfingen zu brennen.

»Natürlich«, sagte Tony, als ob nichts wäre, und reichte ihr das Blatt. »Aber du solltest es jetzt nicht mehr angucken, sondern dich beeilen.«

»Warum?«

»Gerade ist ein Taxi vorbeigefahren. Da hat deine Mutter drin gesessen. Sie wird noch vor dir zu Hause sein.«

# Ärger voraus

Lindgrüne Plateauschuhe sind zwar unheimlich schick beim Herumstehen auf Partys und taugen ganz gut zum Tanzen, aber wenn man blitzschnell die Fulham Road entlanglaufen muss, sind sie eigentlich ziemlich nutzlos. Nach fünfzig Metern gab Sophie auf, zog sie aus und rannte ohne Schuhe weiter. In der Zwischenzeit raste Tony vor ihr her und blieb ab und zu stehen, um seine Brille wieder richtig aufzusetzen.

Sophies Gebete wurden beantwortet und beide Ampeln waren rot, als das Taxi mit ihrer Mutter ankam, außerdem gab es viel Verkehr wegen der Theaterbesucher und späten Auswärtsesser, die nach Hause zurückkehrten.

Sophie und Tony schafften es, um die Ecke in ihre Straße einzubiegen, genau als das Taxi vor dem »Töpferschuppen« hielt.

»Behalten Sie das Wechselgeld!«, hörte Sophie ihre Mutter mit dieser besonderen Stimme zwitschern, mit der Eltern angestrengt aller Welt zu verbergen suchen, dass sie gerade zwei große Cocktails und ziemlich viel von dem Inhalt einer Weinflasche getrunken haben. Offensichtlich erhöhte Alkohol die Großzügigkeit von ihrer Mutter und Sophie dachte, es wäre ganz nützlich, wenn sie sich das für die Zukunft merken würde.

»Ich glaube mal«, keuchte Sophie, als sie die letzten paar Meter sprinteten, »dass ich es noch schaffe. Du kannst schon weitergehen, wenn du möchtest, bevor sie total durchdreht.«

Tony schüttelte den Kopf. »Überlass das mir«, sagte er mit einem Unterton von Autorität in der Stimme, den Sophie noch nie gehört hatte.

»Gute Nacht.« Mrs. Cross winkte dem Taxifahrer freundlich zu und drehte sich dann um, während sie in der Handtasche nach ihrem Schlüssel suchte.

»Sophie!«, rief sie aus, als ihre Tochter gerade langsamer wurde und hoffte, dass sie mit gemessenen und ruhigen Schritten ging. »Was in aller Welt …!«

»Sie sind bestimmt Mrs. Cross«, sagte Tony, reichte ihr seine Hand und lächelte gewinnend. »Ich habe Sophie gerade nach Hause begleitet. Ich hoffe, Sie haben nichts dagegen.«

Sophie schluckte. Ihre Mutter würde jede Menge dagegen haben.

»Ich heiße Tony«, machte Tony äußerst scharmant weiter und linste über seine Brillengläser hinweg.

»Ach ja, Tony«, sagte Vanessa etwas unbestimmt. »Ist das der, mit dem Sophie zu Ausstellungen geht, mit dem sie aber nicht geht?«

»Mama!«, schaltete sich Sophie ein, weil es ihr schrecklich peinlich wurde. »Alles okay, Tony, wir sehen uns morgen.« Sie hielt es für das Beste, ihre Mutter jetzt in die Wohnung zu bringen, bevor die Dinge eine unangenehme Wendung nahmen.

»Warte mal«, sagte ihre Mutter, als die Alkoholwolke so weit verschwunden war, dass ihr wieder ein vernünftiger Gedanke in den Kopf kam. »Du hast mir gesagt, dass die Mutter von Amy dich nach Hause bringen würde.«

»Na ja, aber, äh.« Sophie fiel nichts ein, was sie sagen konnte.

»Amy ging es nicht so gut«, sagte Tony eilig. »Deshalb hat ihre Mutter sie schon früher nach Hause gebracht. Und deshalb habe ich dann Sophie nach Hause begleitet, wir sind mit ...«

»... einem Taxi gekommen«, unterbrach Sophie ihn rasch, denn sie kannte die Regel ihrer Mutter, dass sie niemals nach acht Uhr abends mit der U-Bahn fahren sollte. »Bloß der Verkehr war sehr stark und deshalb sind wir ausgestiegen und das letzte Stück gelaufen«, fügte sie erfinderisch hinzu.

»Wunderbar!« Vanessa strahlte. »Das finde ich sehr vernünftig. Vielen Dank, Tony. War es nett auf der Party?«

»Cool.« Sophie versuchte sich ein Lachen zu verbeißen.

Tony schwieg.

»Na bitte!« Vanessa schaffte es beim dritten Mal den Schlüssel ins Schloss zu bekommen. Triumphierend sagte sie: »Ich wusste, dass es dir Spaß machen würde. Äh, Tony, willst du noch mit hochkommen?«

Ich glaube, ich bin noch mal davongekommen, dachte Sophie.

»Dann kannst du mir noch mal alles genau erzählen, mit dieser Ausstellung, wo ihr heute wart«, begeisterte sich Vanessa. »Du kommst mir irgendwie bekannt vor. Könnte es sein, dass ich deine Mutter kenne?«

Du lieber Himmel, dachte Sophie. Meine Mutter sollte ein Schild um den Hals hängen haben, auf dem stehen müsste: »Das Gesundheitsministerium warnt«.

»Er kann nicht mitkommen«, sagte sie hastig. »Du musst nach Hause, nicht wahr? Du musst doch schon ganz früh raus.«

Tony nickte. »Ich trage Zeitungen aus, Mrs. Cross – wir

wollen doch nicht, dass Sie Ihre *Sunday Times* zu spät bekommen, nicht wahr?«
Vanessa blinzelte. »Du trägst Zeitungen aus?«, forschte sie, als ob Tony verkündet hätte, dass er die frühen Morgenstunden mit Schafehüten verbrachte.
Er nickte. »Na klar. Ich versorge alle Straßen in diesem Viertel. Wahrscheinlich haben Sie mich da schon mal gesehen. Jetzt muss ich aber los. Tschüss, Sophie – äh, seh ich dich morgen?«
Sophie schüttelte den Kopf. »Ich verbringe den Tag mit meinem Vater.«
»Ach?«, mischte sich ihre Mutter ein. »Und wann wurde das verabredet?«
Oh, dachte Sophie. Vielleicht bin ich damit doch noch nicht durch.

»Liebling, es ist schon schrecklich spät.« Vanessa gähnte, während sie ins Wohnzimmer gingen. »Und wenn du vorhast, deinen Vater morgen zu überraschen, dann solltest du noch eine Mütze Schlaf kriegen.«
Ich hab's geschafft, ich hab's geschafft, dachte Sophie. Es gab Zeiten, in denen eine beschwipste Mutter viel nützlicher war als eine tadellos nüchterne.
»Ich höre nur noch meinen Anrufbeantworter ab und dann krieche ich in die Falle.« Vanessa schmatzte einen Kuss auf Sophies Stirn. »Ich freue mich so, dass es eine nette Party war, Schätzchen. Ich werde jetzt auch nicht sagen, dass ich dir das genau so vorausgesagt habe.«
Oh, dachte Sophie, damit hast du's ja wohl gerade getan.
Sophie wanderte in ihr Zimmer und begann sich auszu-

ziehen. Sie dachte an ihren Vater und daran, dass sie morgen seine neue Wohnung sehen würde und wie cool es war, wenn er ihr bei ihrem Hausaufsatz helfen würde. Sie dachte auch an Tony und wie genial er zeichnen konnte und wie schade es war, dass sie mit ihm nicht fest gehen konnte.

Sie wollte gerade ins Bett klettern, als sie den Anrufbeantworter ihrer Mutter abspielen hörte.

»*Vanessa, meine Liebe, ich bin's, Rowena Darby, die Mutter von Amy.*« Sophie blieb wie erstarrt stehen. »*Ich hoffe, Sophie geht es gut. Wie schade, dass wir sie verpasst haben.*« Sophie merkte, wie ihr ganz flau im Magen wurde. »*Ich muss unbedingt mal kommen und mir deinen wunderbaren kleinen Laden anschauen. Claudia sagt, er wäre reinweg himmlisch. Ciao.*«

Es gab eine Pause und Sophie wartete auf die Explosion. Nichts geschah. Vielleicht, aber nur ganz vielleicht, nahm ihre Mutter an, dass Mrs. Darby wissen wollte, ob Sophie sicher nach Hause gekommen war.

Dann piepte es und eine andere Stimme fing an zu reden. »*Hi, Sophie-Schätzchen.*« Oh nein, das war ja Papa. Jetzt war alles zu spät. »*Ich hab mich so über unser Zusammentreffen heute Abend gefreut. Vielen, vielen Dank noch mal, dass du da warst. Ich hoffe, du bist gut nach Hause gekommen. Ich habe dir noch gar nicht erzählt, dass ich dir aus Mosambik ein Geschenk mitgebracht habe. Ich werde es dir morgen geben, wenn wir uns wieder sehen. Die Wohnung ist toll, sie wird dir bestimmt gefallen. Tschüss, bis dann!*«

Sophie machte die Augen zu, hielt die Luft an und schickte ein Stoßgebet zum Himmel.

»So-PHIE!! Komm sofort hierher! Und zwar jetzt!«
Anscheinend war der liebe Gott heute Abend nicht mehr bereit, irgendwelche Gebete zu erhören.

## Du kannst sicher sein, dass deine bösen Taten entdeckt werden!

Sophie schlumpfte ins Wohnzimmer zurück, wo ihre Mutter mit einem wütenden Gesicht am Fenster stand.
»Wie kannst du es wagen, mich zu belügen!«, brüllte sie. »Du warst gar nicht bei der Party, nicht wahr?«
Sophie malte mit ihrer großen Zehe einen Kreis auf den Teppich und schüttelte den Kopf.
»Wie bist du denn zum Flughafen gekommen? Du weißt genau, dass ich nicht will, dass du abends mit der U-Bahn fährst! Ich nehme mal an, dass Tony hinter alldem steckt!«
Sophie schüttelte den Kopf. »Nein, überhaupt nicht!«, schrie sie. »Er hatte damit überhaupt nichts zu tun! Wenn du es unbedingt wissen willst, er hat mich getroffen, als ich nach Hause kam, und mich bis hierher begleitet!«
»Willst du damit sagen, dass dein Vater dich nicht nach Hause gebracht hat? Aber das ist ja ganz typisch für ihn, nicht wahr? Er kümmert sich um die hungernden Menschenmassen auf der anderen Seite der Welt und lässt seine eigene Familie gleichgültig verfaulen!«

Vanessa Cross schlug mit der Faust auf das Fenstersims. »Weißt du eigentlich, in welche Gefahr du dich begeben hast? Ganz abgesehen von der Tatsache, dass du mich angelogen hast – und darauf werd ich gleich noch mal zurückkommen –, hättest du überfallen oder vergewaltigt oder ...«

»Ach, Mama, sei doch nicht immer so melodramatisch!« Sophie schleuderte sich die Haare aus den Augen und starrte ihre Mutter zornig an. »Papa war doch auf dem Rückweg die ganze Zeit bis zur South Kensington mit mir zusammen und da hat mich Tony abgeholt.«

»Aha, also wusste er doch Bescheid, ja? Also hat er mich auch angelogen?«

Sophie stampfte mit dem Fuß auf. »Nein, hat er gar nicht!«, kreischte sie. »Ich hab ihm nur gesagt, dass ich Papa am Flughafen abholen wollte, und da hat er sich gedacht ...«

»Aha, also erzählst du ihm Sachen, die du deiner eigenen Mutter nicht erzählst? Das ist ja toll!«

Sophie biss sich auf die Zunge und zählte in Gedanken langsam bis zehn.

»Und diese Party!«, fuhr ihre Mutter fort und ballte die Fäuste, bis die Knöchel weiß wurden. »Du hast ganz absichtlich etwas getan, was du nicht solltest. Du hast mir gesagt, du würdest zu Annabel gehen, du hast sogar mein Geld genommen und dir dafür Kleider gekauft. Warum hast du mich angelogen?«

»Weil du mir ja wohl keine Gelegenheit gegeben hast, die Wahrheit zu sagen, oder?«, brüllte Sophie mit Tränen in den Augen. »Es ist immer dasselbe, du hast irgendeine fixe Vorstellung von dem, was ich nach deiner Überzeugung tun soll, aber du denkst überhaupt nie darüber nach, ob es auch etwas ist, was ich tun möchte. Ich hasse Annabel, bei ihr komme ich mir immer blöd und unterlegen vor und sie lästert immer über mein Aussehen und über alles. Du findest Partys vielleicht toll, ich nicht. Okay? Nur weil du dein ganzes Leben lang Leute anschleimst und dich rausputzt und mit ihnen die Händchen halten willst, heißt das noch lange nicht, dass ich das auch tun will!«

Sie schwieg, um Luft zu holen, und wischte sich die Tränen von der Wange. Das Gesicht ihrer Mutter sah jetzt nicht mehr so bedrohlich aus, sie kaute an ihrer Unterlippe.

»Und«, Sophie steigerte sich jetzt noch, »ich hab dich immer wieder gefragt, ob du mich zum Flughafen bringen könntest, aber du wolltest nicht, also brauchst du eigentlich nur dir selbst die Schuld dafür zu geben!«

»Oh, so einfach ist das also, ja?«, gab Vanessa zornig zurück. »Ich hatte selber eine Verabredung, wenn du dich vielleicht gütig erinnerst. Oder muss ich meine sämtlichen Pläne immer so verändern, wie es dir gefällt?«

»Hah!«, quietschte Sophie, ihre Wangen brannten vor Wut und Traurigkeit. »Du veränderst deine Pläne wegen mir doch überhaupt nie! Das Einzige, worum du dich wirklich kümmerst, sind der Laden und deine ganzen Freundinnen!«

»Das stimmt nicht, Liebling, du weißt, dass das nicht stimmt.«

»Klar stimmt es!«, rief Sophie. »Irgendeine doofe Essenseinladung ist dir viel wichtiger als die Rückkehr von meinem Vater. Er bedeutet dir vielleicht nichts mehr, aber er ist mein Vater und ich hab ihn lieb! Und dich hasse ich!«

Und damit stürzte sie aus dem Zimmer in ihr eigenes und knallte die Tür hinter sich zu.

»Sophie!« Die Stimme ihrer Mutter drang durch die Tür. »Komm sofort zurück!«

Sophie warf sich auf ihr Bett und kümmerte sich nicht um die Rufe ihrer Mutter

Als Vanessa zehn Minuten später die Tür leise aufmachte, lag Sophie im Bett, hatte die Decke über den Kopf gezogen und tat so, als würde sie schlafen.

Sollte ihre Mutter doch die ganze Nacht wach liegen und Schuldgefühle haben. Das war das Mindeste, was sie verdiente.

## Sophie bezahlt die Zeche

Sophie hatte eigentlich vorgehabt, sehr früh aufzustehen, um so viel Zeit wie nur möglich mit ihrem Vater zu verbringen. Aber nach den Ereignissen der gestrigen Nacht war sie völlig erschöpft, und erst als sie etwas Schweres auf ihrem linken Fuß spürte, öffnete sie ein verquollenes Auge. Ihre Mutter saß am Fußende des Bettes und hielt ihr einen Becher Tee hin. Vanessa sah blass und verhärmt aus und Sophie bemerkte, dass das Weiße in ihren Augen rosa verfärbt war.

»Gut geschlafen?«, fragte ihre Mutter. Sophie grunzte. Eigentlich sollte ihre Mutter denken, dass sie die halbe Nacht todunglücklich wach gelegen hatte.

»So«, sagte Vanessa energisch, »jetzt noch mal zurück zu gestern Nacht.«

»Fang nicht schon wieder damit an«, murmelte Sophie missmutig.

»Ich werde sagen, was ich sagen muss, und damit wird es dann auch zu Ende sein«, erklärte Vanessa entschlossen. »Ich verstehe ja, dass du deinen Vater abholen wolltest. Und vielleicht, aber auch nur vielleicht, habe ich dich zu sehr bedrängt, zu Annabels Party zu gehen.«

Sophie sah überrascht auf. Nomalerweise war ihre Mutter nicht so begierig darauf, ihre Fehler zuzugeben.

»Ist sie denn wirklich so eine fürchterliche Ziege?«

Sophie nickte unglücklich. »Ich weiß ja, dass ich nicht so schick und geistreich bin wie sie, aber …«

»Du bist mehr wert als ein Dutzend von ihrer Sorte«, sagte ihre Mutter und nahm Sophie rasch in die Arme. »Aber«, fuhr sie fort, setzte sich wieder aufrecht hin und trank einen Schluck Tee, »was du getan hast, war falsch. Du hast mich hintergangen, du hast dich selbst in Gefahr gebracht und du hast den armen Tony noch hineingezogen.«

»Hab ich gar nicht!«, brüllte Sophie und senkte dann ihre Stimme, in dem Versuch, vernünftig zu klingen. Schließlich gab sich ihre Mutter gerade große Mühe, nett zu sein. »Ehrlich. Ja, er wusste, dass ich Papa abholen wollte, aber ich hab ihn überhaupt nicht gebeten mitzukommen oder so. Er ist mir nachgegangen, weil er sich angeblich wegen der Fußballfans Sorgen gemacht hat oder dass Papa nicht rechtzeitig ankommt oder …«

»Das hat er gesagt?« Vanessa sah überrascht aus.

Sophie nickte.

»Dann habe ich mich in ihm getäuscht«, sagte Vanessa.
»Das war wirklich sehr nett von ihm. Aber wir müssen uns immer noch über dich unterhalten.«
Sophie seufzte.
»Gestern Abend dachte ich noch, es wäre am vernünftigsten, wenn ich dir eine Woche Hausarrest geben würde, aber ...«
»Hausarrest! Das kannst du doch nicht machen!«, schrie Sophie entsetzt auf. Hausarrest bedeutete, dass sie Papa nicht sehen konnte. Und wenn sie Hausarrest bekam, konnte sie sich auch nicht Tonys Zeichnungen anschauen, obwohl das nicht so wichtig war.
»Lass mich ausreden«, sagte ihre Mutter. »Ich hatte erst vorgehabt, dir Hausarrest zu geben, aber dann fand ich das gegenüber deinem Vater nicht fair. Er ist nur eine kurze Zeit hier und dann sollte er die Möglichkeit haben, dich regelmäßig zu sehen.«
Sie unterbrach sich und schnipste ein winziges Staubkorn von Sophies Radiowecker. »Du wirst mir stattdessen die vierzig Pfund zurückzahlen, die ich dir für das Partydress gegeben habe. Jede Woche fünf Pfund, bis die Schuld beglichen ist.«
Sophie riss den Mund auf. »Aber das dauert ja Ewigkeiten!«, rief sie.
»Was soll es denn nun sein – Hausarrest oder Geld zurückzahlen?«
Das war keine echte Wahlmöglichkeit. »Ich werde das Geld zurückzahlen.« Sophie seufzte. »Das bedeutet, dass ich jetzt urlange knapsen muss.«
»Wohl kaum«, sagte ihre Mutter mit einem spöttischen

Lächeln und nahm sie noch einmal, und diesmal länger, in die Arme. »Und keine Lügen mehr!  Wenn du weggehst, sagst du mir dann die Wahrheit, wohin du gehst? Versprichst du mir das?«

»Das verspreche ich dir.« Sophie stöhnte. »Ich werde mir ab jetzt sowieso kein Ausgehen mehr leisten können.«

»… ich fahre mit der U-Bahn nach Camden und schaue mir Papas Wohnung an und gehe mit ihm Essen«, sagte Sophie brav noch mal vor ihrer Mutter auf. »Ich nehme an, dass du jetzt wissen willst, was wir essen werden?«

Vanessa lächelte belustigt. »Nein, überhaupt nicht, aber ich möchte wissen, wann du nach Hause kommst. Du musst immer noch Hausaufgaben machen, denk dran.«

Und ich muss mal langsam mit dem Hausaufsatz anfangen, dachte Sophie. »Um sechs Uhr?«

»Das geht in Ordnung«, sagte Vanessa. »Und wenn du irgendwo auf dem Weg ovale Lampenschirme aus Rattan siehst, dann sag mir Bescheid. Zumindest könnte das Aufspüren von diesen Lampenschirmen meine Position gegenüber Claudia Winterton wieder etwas verbessern.«

Sophie seufzte innerlich. Ihre Mutter war einfach unverbesserlich.

## Sophie lernt das Leben auf der Straße kennen

»Und was hältst du davon?« Sophies Vater wies mit einer weit ausholenden Geste auf sein vorübergehendes Zuhause.

Sophie stand in der Mitte des Zimmers und war total hingerissen. Die Wohnung bestand aus einem riesengroßen Zimmer mit einem Alkoven hinten, in dem ein großes Doppelbett stand. An der gegenüberliegenden Seite gab es eine kleine Küchenzeile mit einem Holztisch und einigen Hockern und der übrige Dielenboden war mit Teppichen bedeckt, alte Polstersessel standen da, riesige indische Sitzkissen mit Elefanten und fünfarmigen Göttinnen lagen herum und zwei Beistelltischchen aus Messing und farbigem Glas standen daneben. An der einen Wand reichten die Bücherregale vom Boden bis zur Decke, an den übrigen Wänden hingen Poster und Drucke, und eine Sammlung von alten Hüten thronte auf großen Garderobenhaken.

»Es ist einfach wahnsinnig!«, entfuhr es Sophie. »Wie bist du darauf gestoßen?«

»Die Wohnung gehört einem Kumpel von mir, der gerade Südamerika bereist«, sagte ihr Vater. »Er wird erst zu Weihnachten wieder nach Hause kommen, deshalb kann ich hier so lange bleiben, bis ich mich endgültig entschlossen habe.«

Sophie runzelte die Stirn. »Wozu entschlossen?«

»Ach dies und das – eben die Zukunft«, sagte ihr Vater leichthin. »Sag mal, siehst du irgendwo Streichhölzer?«

Sophie sah ihn wütend an. »Du hast doch nicht wieder mit

dem Rauchen angefangen, oder? Ich hab dir letztes Mal bei deinem Besuch gesagt, dass …«

Ihr Vater hielt seine Hände hoch, als wollte er sich ergeben, und schüttelte den Kopf. »Nein ich rauch nicht wieder.« Er lachte. »Ich wollte nur ein paar Räucherstäbchen anzünden, um hier den Modergeruch zu vertreiben. Und außerdem muss ich Horace an die Wand hängen.«

»Horace?«

»Den hier.« Ihr Vater zog eine riesige afrikanische Maske aus seinem Koffer.

»Die ist ja total abgefahren!« Sophie hielt das geschnitzte Kunstwerk in den Händen und betrachtete es aus nächster Nähe.

»Ist das gut? ›Abgefahren sein‹ meine ich?«, fragte ihr Vater.

Sophie kicherte. »Ja, äußerst gut.«

»Dann ist es ja in Ordnung«, sagte ihr Vater, »weil ich dir auch eine mitgebracht habe.« Er zog eine kleinere und etwas freundlichere Version der Maske heraus und überreichte sie Sophie.

»Und dann hab ich mir gedacht, das würde dir gefallen.« Er gab ihr einige knallrote, lila, grüne und blaue Perlenketten, Halsketten und Knöchelketten.

»Genial!«, rief Sophie und hängte sich gleich eine Halskette um. »Tausend Dank, Papa, die sind echt cool!«

»Na wunderbar«, sagte ihr Vater. »Dann wollen wir mal raus aus dem Haus!«

»Wie bitte?«

»Na ja, du willst doch mit deinem Hausaufsatz anfangen, nicht wahr? Und ich will mich mit ein paar alten Freunden im Lowdown Centre treffen. Ich muss außerdem auch noch ein paar Haushaltssachen kaufen. Dann könnten wir uns was zu essen holen und ...«

»Echt? Das machen wir alles?«, rief Sophie aufgeregt.

Ihr Vater grinste. »Was?«

»Na all das!«, sagte Sophie eifrig. »Komm schon, gehen wir los.«

Es war der verrückteste Sonntag, den Sophie je erlebt hatte. Im Vergleich dazu, stellte sie fest, waren ihre Wochenenden bisher völlig ereignislos gewesen. Sie hatte nur zu Hause abgehangen oder ihrer Mutter im Laden geholfen, seitdem der auch jeden Sonntag fünf Stunden geöffnet war. Sogar ein Einkaufsbummel mit Amy war nicht so cool wie das, was sie jetzt mit ihrem Vater unternahm.

Zuallererst gingen sie auf den Markt in Camden. Sophie war hier schon einige Male mit ihren Freundinnen gewesen, aber mit ihrem Vater war es was völlig Neues.

Immer wenn er stehen blieb, um etwas zu kaufen, stellte er tausend Fragen, woher die Sachen kamen und wer sie hergestellt hatte.

»Was macht das schon aus, Papa?«, fragte Sophie an einem Stand. »Es ist doch nur ein Küchenbrett.«

»Oh, es macht viel aus, Sophie«, widersprach ihr Vater. »Ich werde niemals etwas kaufen, das aus einem Land mit einer undemokratischen Regierung kommt oder das aus Holz hergestellt ist, was nicht extra dafür angepflanzt wurde. Und wusstest du zum Beispiel, dass etwas wie das ...« – er zeigte auf ein buntes indisches Baumwollhemd an einem Kleiderbügel oben an dem Stand – »... vielleicht von einem Kind im Schweiße seines Angesichts genäht wurde, das nur halb so alt ist wie du, und unter schrecklichen Bedingungen in irgendeinem miesen Fabrikschuppen in Bangladesch?«

Sophie schluckte. Sie hatte sich noch nie Gedanken gemacht, wo die Gegenstände herkamen oder wie sie hergestellt wurden, sie hatte sich immer nur überlegt, ob sie ihr gefielen und, noch wichtiger, ob sie genug Geld dafür hatte.

»Na, das ist doch schon mal eher was!«, sagte ihr Vater laut, als er einen Stand sah, an dem das Schild »Fair Trade« hing und der eine Menge der verschiedensten Gegenstände anbot. »Diese ganzen Sachen wurden in der Dritten Welt hergestellt, und wenn wir sie hier bei uns kaufen, dann helfen wir den Leuten, die nichts besitzen.«

Er kaufte sechs bunt bemalte Kaffeebecher, eine Baumwolldecke und einen geschnitzten Abfalleimer aus Holz. »Es fehlen noch tausend verschiedene Kleinigkeiten in der Wohnung«, sagte ihr Vater, »ich nehme mal an, dass Don seine Lieblingssachen alle mitgenommen hat. Na, wie findest du das?«

Sophie krauste die Nase. »Das mag ich nicht«, sagte sie bestimmt, zeigte auf den Eimer und überlegte, dass die Leute in der Dritten Welt sich manchmal wirklich mit sehr wenig zufrieden gaben. »Mama hat diese echt süßen Eimer in ihrem Laden, die sehen wie Dackel oder Bullterrier aus und...«

»...und kosten ein kleines Vermögen, jedenfalls würde mich das nicht wundern«, ergänzte ihr Vater. »Nein, das genügt mir vollständig. So, und jetzt trinken wir eine Tasse Kaffee und dann erzählst du mir mal ganz genau, was du für diese Hausarbeit alles wissen möchtest.«

Sophie konnte es nicht fassen. Ihr Vater interessierte sich ja unglaublich für ihre Schularbeiten. Sie hatte bislang nicht einen einzigen Gedanken gehabt, wie sie sich mit dem Thema Armut auseinander setzen wollte, aber er produzierte eine Idee nach der anderen und es schien ihm auch überhaupt nichts auszumachen, wenn Sophie sie wieder zurückwies.

Bei den seltenen Gelegenheiten, wo ihre Mutter sich überhaupt mal ein bisschen Mühe gab und ihrer Tochter bei Schularbeiten half, verlor sie immer sehr schnell die Geduld, wenn Sophie nicht gleich nach den ersten zwei Sekunden total begeistert über ihre Einfälle war. Dann behauptete Vanessa, dass sie wichtigere Sachen zu tun hätte, als sich darüber zu streiten, ob König Lear eher ein Sünder oder das Opfer von Verbrechen war.

»Oder – warte mal.« Ihr Vater hatte schon wieder eine neue Idee. »Vielleicht könntest eine Woche Alltagsleben von dir und deinen Freundinnen mit einer Woche von dem Leben von einer vergleichen, die auf der Straße lebt?«

»Das ist eine tolle Idee! Aber ich kenne keine Obdachlosen.«

»Das ist kein Problem«, erklärte ihr Vater, trank seinen Kaffee aus und schob seinen Stuhl zurück. »Wir ziehen jetzt los und essen mit ein paar von ihnen zu Mittag.«

»Was wollen wir?« Sophie staunte. »Ich dachte wir könnten zu *Fellini* gehen. Bei denen gibt es diese Wahnsinns-Riesenpizza und es ist ein wirklich tolles Ambiente.«

»Wenn du Ambiente haben willst« – ihr Vater lächelte – »dann komm mal mit mir mit.«

»Clive! Unser Weltreisender ist zurückgekehrt! Schön, dich wieder zu sehen!« Ein großer, breitschultriger Mann mit einem Ziegenbärtchen und angegrautem taillenlangem Haar kam auf Sophies Vater zu und schüttelte ihm herzlich die Hände. »Willkommen im Lowdown Centre!«
Sophies Vater schlug ihm auf die Schulter. »Dickon, du hast hier ja Wunder bewirkt!« Er wies auf die Leute um sich herum in dem großen Raum in der Krypta von der Sankt-Saviours-Kirche.

Auf der einen Seite saß eine Ansammlung von ärmlich gekleideten Männern um Tische herum, unterhielt sich leise und aß Suppe. Weiter hinten trank eine Gruppe von Teenagern, von denen einige nicht viel älter als Sophie waren, Kaffee und kuschelte sich nah an den großen altmodischen Heizkörper.

»Es brauchte viele Kämpfe, aber langsam haben wir was erreicht«, sagte Dickon, der ziemlich seltsam gekleidet war und ein knallrotes Hemd, braune Kordhosen und eine blaue Weste trug. »Mittlerweile kommen sehr viel mehr junge Leute hierher als zu deiner Zeit damals und das ist doch ein gutes Zeichen.«

»Das ist toll!«, sagte Sophies Vater. »Und das ist auch der Grund, weshalb wir hier sind. Das ist Sophie, meine Tochter, und das ist Dickon Flanders, das leuchtende Vorbild von Lowdown.«

»Schön, dich kennen zu lernen, Sophie!« Dickon schüttelte ihr die Hand, bis Sophie glaubte, ihre Finger wären nun total zerquetscht.

»Hi!«, sagte Sophie und war plötzlich sehr schüchtern und unsicher.

»Sophie soll einen Hausaufsatz über Armut schreiben«, erklärte Clive. »Und da dachte ich, das hier wäre der beste Ort, wo sie etwas darüber lernen kann. Sie könnte sich doch mit einigen eurer regelmäßigen Kunden unterhalten, während du und ich meinen Arbeitsplan für den nächsten Monat ausarbeiten.«

»Genau!«, sagte Dickon. »Aber lass uns doch vorher noch etwas essen. Wie wär's mit einem Nudelauflauf und grünen Erbsen, würde dir das gefallen, Sophie?«

Nicht direkt, wenn man auch eine Wahnsinnspizza haben könnte, dachte Sophie beschämt.

Ihr war sehr bewusst, dass einige forschende Augenpaare sie beobachteten, als sie ihrem Vater und Dickon zu einem sauber geschrubbten Tisch in die Ecke des Saales folgte. Und ihr war noch mehr bewusst, dass sie sich in ihren knallgrünen Stretchhosen und ihrer verrückten Jacke aus Zebrawebpelz von den anderen Jugendlichen in ihren zerrissenen Jeans, löchrigen Turnschuhen und dreckigen Sweatshirts gewaltig unterschied.

»Papa?«, fragte sie, als Dickon aufgestanden war, um einen Krug mit Wasser zu holen. »Dickon hat gesagt, dass sich hier vieles seit deinen Tagen geändert hätte. Was hat er damit gemeint?«

Ihr Vater lächelte. »Nachdem deine Mutter mich damals rausgeworfen hatte ...«

»Rausgeworfen?« Sophie sah ihn entgeistert an.

»Na ja, nachdem wir uns getrennt hatten, hab ich an den Wochenenden hier gearbeitet. Du hast mir damals so wahnsinnig gefehlt, Liebling, ich musste irgendwas machen, um mich abzulenken.«

»Das wusste ich nicht.« Sophie war stinkewütend, als sie jetzt herausfand, dass die Trennung allein die Schuld ihrer Mutter war. Sie fand die Geschichte ihres Vaters schrecklich traurig.

»Ich denke mal«, sagte er, »dass es eine Menge gibt, was du von mir noch nicht weißt.«

Wenn es nicht die alte Frau mit der Orange gegeben hätte, wäre Sophie viel zu schüchtern gewesen, um mit irgendjemandem ins Gespräch zu kommen. Ihr Vater und Dickon waren in den Büroraum verschwunden und hatten sie allein am Tisch zurückgelassen. Sie versuchte gerade, ihren Mut zu sammeln und aufzustehen.

»Verdammtes Mistobst!«

Sophie sah sich um und da stand eine drahtige, grauhaarige Frau in einem lila Plastikregenmantel und mit einem Männerhut aus Tweedstoff auf dem Kopf, die wütend auf eine riesige Orange starrte.

»Wie soll man diese blöden Dinger schälen, wenn man solche Finger hat wie ich?«, wollte sie wissen und hielt Sophie eine arthritische Hand unter die Nase.

Sophie lächelte nervös. »Möchten Sie, dass ich das für Sie mache?«, bot sie an.

»Och, das wäre sehr nett von dir«, sagte die Frau. »Ha, man sehe sich nur diese Finger an! Wie edel, mein Schätzchen! Die kannst du doch nicht dreckig machen.«

Sophie betrachtete ihre in vielen verschiedenen Farben lackierten Fingernägel. »Das geht schon in Ordnung«, sagte sie. »Ich kann sie heute Abend ja wieder neu lackieren.«

»Ich heiße Gladys«, sagte die Frau. »Ich komme immer,

wenn ich Zeit habe, mittags zum Essen her.« Sie redete so, als ob sie in einen vollen Terminkalender gerade eben noch einen raschen Salatteller im Ritz hätte einschieben können.

»Ich hab dich hier noch nie gesehen.«

»Ich bin mit meinem Vater mitgekommen«, erklärte Sophie und reichte Gladys die geschälte Orange. »Er wird hier mitarbeiten. Hätten Sie etwas dagegen, wenn ich Ihnen ein paar Fragen stelle?«, setzte sie eifrig hinzu.

»Na klar kannst du das, Schätzchen«, sagte Gladys und mampfte einen Apfelsinenschnitz. »Die Polizei macht das die ganze Zeit und die sehen nicht so hübsch aus wie du!« Sie stieß ein dröhnendes Gelächter aus und zeigte dabei einige schwärzliche Zähne.

»Polizei?«, fragte Sophie aufgeregt.

»Die denken immer, dass jemand wie ich eine Menge mitkriegt«, vertraute Gladys ihr an. »Ständig ziehen sie mir die Würmer aus der Nase.«

»Darf ich dann auch mal ziehen?« Sophie grinste. »Ich muss für Sozialkunde eine Hausarbeit über Armut schreiben.«

»Oh, da hast du ja in mir eine wahre Expertin gefunden.« Gladys grinste. »Na, was genau willst du denn wissen?«

Sophie unterhielt sich eine Stunde lang mit Leuten, denen sie normalerweise um jeden Preis ausgewichen wäre. Sie fand heraus, dass die meisten von ihnen sehr nett und gesprächsbereit waren, obwohl ein Mädchen sie ein hochnäsiges reiches Balg nannte und ihr in einer ziemlich deutlichen Sprache zu verstehen gab, dass sie verschwinden sollte.

»Hätte ich bloß was zum Schreiben mitgebracht!«, rief

Sophie aus, als ihr Vater und Dickon schließlich wieder auftauchten. »Wusstet ihr, dass Gladys in einem Zimmer lebt und sich ihr Essen aus den Mülltonnen hinter den Restaurants suchen muss, weil ihre Tochter sie rausgeschmissen hat, bloß weil Gladys betrunken war? Und ein Typ wurde arbeitslos, da hat ihn seine Frau verlassen und dann hat er sein Haus verloren und jetzt ist er obdachlos. Und Norman – das ist der da drüben mit der Mundorgel –, der ist von seinen Stiefbrüdern zusammengeschlagen worden und von zu Hause weggerannt. Er lebt in einem besetzten Haus, wo das Wasser an den Wänden runterläuft! Kannst du dir so was vorstellen, Papa? Das ist ja grauenhaft!«

Ihr Vater nickte langsam. »Und er ist noch einer von denen, die besser dran sind.«

»Ach, sag doch nicht so was, Papa!« Sophie war ganz aufgeregt. »Es gibt ja wohl kaum was Schlimmeres!«

»Oh doch«, unterbrach Dickon sie mit einem Seufzer. »Noch viel Schlimmeres.«

Sophie holte tief Luft. »Darf ich wieder kommen?«, fragte sie ihren Vater. »Ich könnte viele Leute für meine Arbeit interviewen und fotografieren und einen Bericht schreiben, der sogar Mrs. Frobisher beeindrucken würde, und das will etwas heißen.«

»Natürlich kannst du mit mir wieder herkommen«, erwiderte ihr Vater sofort. »Sooft du willst.«

»Einen Augenblick noch.« Dickon legte eine Hand auf Clives Arm. »Dies ist aber keine Peep-Show, Sophie, darüber musst du dir im Klaren sein. Natürlich werden wir dir, so gut es geht, bei deiner Hausarbeit helfen und es gibt keinen Zweifel, dass wir jedes Paar Hände gut gebrauchen können.

Aber du musst den Menschen, die hier ins Centre kommen, Respekt entgegenbringen, du kannst nicht einfach hier herumschwirren und intime Fragen stellen und mit einer Kamera losklicken. Diesen Menschen ist von ihrem Leben sehr wenig geblieben. Wir müssen sehr achtsam mit ihnen umgehen und ihnen nicht auch noch ihre Würde wegnehmen.«

Sophie nickte eifrig. »Ich will helfen, ganz ehrlich, das mach ich. Ich werde alles tun, was ich kann.«

»Oh, klasse.« Dickon lächelte. »Du könntest gleich damit anfangen und ein paar Dutzend davon zusammenfalten.«

Er reichte ihr einen Stapel von etwas, das wie ausgeschnittene Kartons aussah. »Sammelbüchsen«, erklärte er. »Wir haben das alte Pfarrhaus nebenan gekauft, jetzt müssen wir Geld sammeln, damit wir es in ein Obdachlosenheim für junge Mädchen verwandeln können.«

Er schwieg, weil er bemerkt hatte, dass Clive heimlich auf seine Armbanduhr schaute. »Aber sag mal, Clive, das ist doch dein erster Tag hier in der alten Heimat, da nehm ich mal an, dass du und Sophie jetzt viel miteinander zu bereden habt. Das hier kann ja noch warten.«

»Ich nehme ein paar davon mit nach Hause!«, sagte Sophie begeistert. »Und ich werde sie an meine Freundinnen weitergeben.«

»Wunderbar, das wäre schön«, sagte Dickon, »und dann sehen wir dich ja bestimmt bald wieder.«

»Ja«, versprach Sophie. »Sehr bald.«

»Ich muss um sechs zu Hause sein«, sagte Sophie zu ihrem Vater, als sie wieder die Treppe hoch zur Straße gingen.

Clive sah wieder auf seine Uhr. »Dann haben wir ja gerade noch Zeit, ein paar Klamotten einzukaufen.«

Sophie war sofort Feuer und Flamme. »Oh toll, vielen Dank, Papa«, fing sie an.

»Ich hab ja nur noch Klamotten, die für das afrikanische Klima geeignet sind,« fuhr er fort. »Ich brauche was für den Winter. Und ich brauche dich zum Aussuchen.«

»Oh. Na, dann sollten wir besser mal zur Oxford Street fahren.«

»Das dauert zu lange«, sagte ihr Vater. »Ich find bestimmt auch hier was.«

Sophie war sehr beeindruckt. Ihr Vater gab wirklich etwas auf ihre Meinung. Als sie ihm sagte, dass er viel besser in Braun- und Brombeertönen aussähe als in Marineblau und Rot, was er anscheinend bevorzugte, da nickte er nur und nahm die empfohlenen Kleidungsstücke mit zur Kasse. Als sie sagte, dass ihr Vater niemals in braunen Jesussandalen mit gestrickten Söckchen rumlaufen dürfte, marschierte er sofort in einen Schuhladen und sagte, sie sollte ihm zwei Paar Schuhe aussuchen. Sie äußerte ein klares Nein bei einem grünen Anorak und warf ihm eine Jeansjacke zu und am Ende des Nachmittags fand sie, dass er jetzt so aussah, dass sie sich getrost die nächsten beiden Monate mit ihm sehen lassen konnte.

»Gott sei Dank, dass das erledigt ist!« Er grinste. »Jetzt brauche ich nur noch ein paar Flaschen Wein und dann begleite ich dich zum Bus.«

Als ihr Vater sich in dem Weinladen zwischen einigen Flaschen nicht entscheiden konnte, sah Sophie, die im Nachbarladen ausgiebig die Schaufensterpuppen betrachtete, das Mädchen. Es saß im Eingang zum Laden, das Kinn auf die Knie gelegt und ihre Schultern gegen den Frost des Spätnachmittags hochgezogen.

Sie hustete und sah Sophie von unten her durch lange rotblonde Wimpern an.

Sophie starrte zurück. Das Mädchen schien nicht viel älter als sie. Sie trug *stonewashed* Jeans mit ausgefransten Säumen und Löchern, einen ausgeleierten schwarzen Pullover und eine billige Lederjacke, die zwei Nummern zu klein wirkte. Das Gesicht war blass und verhärmt und sie hatte unglaublich schöne graue Augen. Sophie kam sie auf irgendeine seltsame Weise bekannt vor.

»Hast du ein paar Pence für eine Tasse Tee für mich?«, fragte das Mädchen. Ihre Stimme war sanft und klang wohlerzogen und widersprach ihrer abgerissenen Erscheinung.

»Natürlich.« Sophie zog ihr Portmonee aus der Handtasche heraus. »Hier!«

Sie gab dem Mädchen eine Ein-Pfund-Münze. Das Gesicht der anderen leuchtete auf. »Bist du sicher? Echt?«

Sophie nickte und versuchte herauszufinden, warum sie glaubte, dass sie das Mädchen schon einmal gesehen hatte.

»Danke, vielen Dank«, sagte die andere. »Dafür kann ich mir ja auch noch was zu essen kaufen.«

Sophie dachte an das Abendbrot, das sie zu Hause vorfinden würde, und an ihr Zimmer mit dem Entendaunenfederbett und dem Teppichboden. Wieder einmal wurde ihr bewusst, dass sie Designerklamotten anhatte, und ihr war klar, dass sie kaum merken würde, ob sie ein Pfund mehr oder weniger besaß, aber für dieses Mädchen bedeutete es den Unterschied zwischen hungrig und satt.

»Du solltest nicht hier draußen sitzen«, sagte Sophie. »Es wird bestimmt noch kälter.«

Das Mädchen lachte spöttisch auf. »Da hab ich keine große Wahl. So ein reiches Gör wie du hat doch sowieso keine Ahnung, wie's im wirklichen Leben zugeht.«

Sophie biss sich auf die Lippe. Wenn sie das nächste Mal mit ihrem Vater ins Centre ging, würde sie sich aber Mühe geben und etwas vergammelter aussehen als heute.

»Tut mir Leid«, sagte sie. »Ich wollte damit eigentlich nur sagen, du könntest doch ins Lowdown Centre gehen. Die haben bis zehn Uhr offen. Wenigstens könntest du da was Warmes zu essen kriegen und duschen.«

»Duschen?« Das Mädchen riss ungläubig die Augen auf. »Was denn? Einfach umsonst?«

»Ich glaub schon«, sagte Sophie. »Wart mal, mein Vater ist hier im Laden, ich frag ihn mal.«

Das Mädchen sprang auf die Füße. »Nein, mach das nicht!«, sagte sie eindringlich. »Es ist okay. Ich geh hin und guck mir das mal an.«

Mit diesen Worten schnappte sie sich ihren alten schäbigen Rucksack und marschierte die Straße runter.

Sophie rannte hinter ihr her. »He, wart mal!«

Das Mädchen blieb unentschlossen stehen.

»Hör mal«, sagte Sophie, »ich werde in den nächsten Wochen öfter dahin kommen. Gibt es irgendwas, was du brauchst? Wie heißt du eigentlich?«

»Lisa«, sagte das Mädchen. »Was meinst du mit brauchen?«

Sophie zuckte die Achseln. »Ich weiß nicht, vielleicht was zum Anziehen, zum Essen, Bücher ...«

Lisas Augen strahlten. »Willst du damit sagen, dass du mir was mitbringen willst? Ein Buch wäre super.« Sie lächelte Sophie an. »Ich vermiss ganz schön, dass ich nix Gescheites zu lesen hab.«

Sophie zögerte. »Was für eine Art Buch denn?«, fragte sie. »Ich hab grade ›Sofies Welt‹ ausgelesen, das war genial, aber manche Stellen sind ziemlich schwierig und ...«

»Oh, phantastisch!«, rief Lisa. »Das will ich schon seit Ewigkeiten lesen. Und nur weil ich kein Zuhause habe, bedeutet das noch lange nicht, dass ich auch keinen Verstand habe, weißt du.«

Sophie kriegte einen roten Kopf. »Ich weiß, Entschuldigung«, sagte sie. »Ich will ja nicht neugierig sein, aber wieso lebst du so? Du machst irgendwie einen ganz anderen, na ja, einen guten Eindruck.«

»Du meinst, ich bin nicht typisch für Obdachlose?«, fragte Lisa. »Das hat der Typ vom Fernsehen auch gesagt. Obwohl der überhaupt von gar nix eine Ahnung hatte.«

Plötzlich wusste Sophie wieder, warum ihr Lisas Gesicht bekannt vorkam. »Du warst im Frühstücksfernsehen. Sie sagten, deine Mutter hätte dich rausgeworfen.«

Lisa biss sich auf die Lippe und nickte. Sie sah aus, als ob sie gleich losheulen würde. »Ihr neuer Kerl hat mich angemacht«, sagte sie. »Das hab ich meiner Mutter erzählt, aber sie hat's mir nicht geglaubt und dann haben mich beide rausgeschmissen.«

»Lisa!« Sophie riss die Augen auf, »das ist ja schrecklich, ich weiß überhaupt nicht mehr, was ich sagen soll.«

Lisa zuckte die Achseln.

»Hör mal«, sagte Sophie eifrig, »ich werde alles tun, was ich kann. Ich bring dir ein paar Bücher mit und was ich sonst noch so finden kann. Und hier – nimm.« Sie gab ihr noch eine Pfundmünze.

Lisa sah sie strahlend an. »Danke, vielen Dank.«

Sie musterte Sophie von Kopf bis Fuß. »Du bist in Ordnung.«

Was Komplimente anbetraf, war das bestimmt nicht das aufregendste, was Sophie je bekommen hatte. Aber noch nie hatte ein Kompliment ihr so ein Gefühl von Wichtigkeit gegeben.

## Muttermanie

»Er hat dich *wohin* mitgenommen?«, fragte Vanessa Cross entgeistert, nachdem Sophie ihr in rasender Geschwindigkeit erzählt hatte, was ihr an diesem Tag alles widerfahren war.

»Wart bloß, bis ich ihn erwische. Wie konnte er nur so doof sein?«

»Was meinst du mit doof?«, schrie Sophie. »Das war echt unheimlich interessant. Du hast ja gar keine Ahnung, was für vielen verschiedenen Menschen ich begegnet bin und …«

»Oh, ich kann es mir nur zu gut vorstellen!«, wurde sie von ihrer Mutter unterbrochen. »Die ganzen Obdachlosen von Nordlondon, mit ihren Flöhen und ihren Krankheitskeimen und …«

»Mama!«, protestierte Sophie. »Die können doch nichts dafür, dass sie kein Zuhause haben! Sie werden bestimmt nicht darum gebeten haben, auf der Straße zu wohnen.«
»Das vielleicht nicht«, gab ihre Mutter zu, »aber ich hätte gedacht, dass dein Vater mit dir heute etwas Schöneres hätte unternehmen können, als dich solchen Eindrücken auszusetzen. Ich lass dir jetzt erst mal Badewasser einlaufen.«
Sie steuerte Sophie in Richtung Badezimmer.
»Ich brauch kein Bad.«
»Du wirst baden. Der Himmel weiß, was du dir alles eingefangen hast. Was hast du da um den Hals?«
»Afrikanische Halsketten«, sagte Sophie. »Papa hat sie mir mitgebracht und das hier auch.«
Sie zog die Maske aus ihrer Tasche.
»Oh, sehr urtümlich«, sagte ihre Mutter. »Geh jetzt und wasch dich.«

»Hast du dir eigentlich schon mal klargemacht«, brüllte Sophie durch die geschlossene Badezimmertür, »dass einige der Leute, die ich heute getroffen habe, alles dafür geben würden, jede Woche so baden zu können? Und wir können das jeden Tag!«
»Ja, mein Schätzchen«, sagte ihre Mutter. »Das Abendbrot ist fertig.«

»Ist dir eigentlich klar«, fragte Sophie ihre Mutter, während sie sich Lachsfilet in Estragonsoße auf den Teller löffelte, »dass einige der Menschen, denen ich heute begegnet bin, nur von einer Tasse Tee und Brötchen leben und was sie sonst noch von der Heilsarmee kriegen können? Und wir essen massenhaft Zeug bei jeder Mahlzeit, was wir gar nicht wirklich brauchen?«

»Ja, Schätzchen«, seufzte ihre Mutter. »Nimm dir noch ein bisschen Brokkoli.«

»Danke«, sagte Sophie.

»Ist dir eigentlich klar«, sagte Sophie, während ihre Mutter Preisetiketten an einer Reihe von handbemalten Lampenschirmen befestigte, »dass die Hälfte von den Dingen, die du hier verkaufst, wahrscheinlich von Kindern hergestellt wird, im Schweiße ihres Angesichts, in irgendwelchen Fabriken in …«

»Sophie«, sagte ihre Mutter durch zusammengebissene Zähne, »diese Lampenschirme wurden von Madeline Bennett in ihrem reetgedeckten Cottage in Lower Slaughter hergestellt. Merkst du was?«

»Was denn?« Sophie überflog gerade das Fernsehprogramm.

»Du hörst dich schon ziemlich erschreckend so an wie dein Vater.«

»Na umso besser!«, schrie Sophie und sprang auf. »Das freut mich. Denn er sorgt sich um den Zustand dieser Welt. Und du sorgst dich nur ums Geldverdienen! Papa wird mir bei meiner Hausarbeit helfen – er sagt, er wird mir so oft helfen, wie ich ihn brauche.«

»Oh, ganz anders als deine Mutter, willst du damit sagen!«, fuhr Vanessa sie an. »Weißt du, deine Mutter ist zu sehr damit beschäftigt, unseren Lebensunterhalt zu verdienen, um dir bei deinen Schularbeiten zu helfen!«

»Jawohl! Und wenn ich mich morgen mit ihm treffe …«

Vanessa sah sie an, mit einem Preisschild in der Hand.
»Du wirst dich morgen nicht mit ihm treffen, weil du zur Schule gehst.«
»Oh doch. Und auch an den Mittwochen und Freitagen«, sagte Sophie. »Das haben wir abgemacht.«
»Tja, dann kannst du's ja wieder rückgängig machen«, sagte ihre Mutter. »Nur an den Wochenenden. Du hast schließlich auch Hausaufgaben zu erledigen.«
»Mein Hausaufsatz gehört zu den Hausaufgaben und dazu muss ich noch recherchieren, deshalb!«, fuhr Sophie sie in kindischem Zorn an. »Ich geh jetzt schlafen.«
»Gott sei Dank«, sagte Vanessa.

## Gebraucht werden

Am Montagmorgen stritten sich Sophie und ihre Mutter.
»Du kommst direkt von der Schule nach Hause«, sagte Vanessa, die ein großes geschnitztes Känguru in den Händen hielt, das zu ihrer Ausstellung ›Kunst in exotischen Ländern‹ gehörte.
»Papa erwartet mich und ich kann ihn nicht im Stich lassen.« Sophie riss die Ladentür auf.
»Ich glaube«, sagte Vanessa »Ich werde mal mit deinem Vater sprechen müssen.«
»Na wunderbar, misch dich nur wieder in mein Leben ein«, brüllte Sophie. »Du willst einfach, dass ich unglücklich bin, nicht wahr?«

»Eben genau weil ich will, dass du glücklich bist, muss ich mit deinem Vater sprechen«, sagte Vanessa.

»Egal, ich gehe heute zu ihm und du kannst mich nicht daran hindern!«

Vanessa sah sie an und lächelte. »Ich habe nicht die geringste Absicht, dich aufzuhalten«, sagte sie. »Ich habe nur bemerkt, dass ich mal ein paar Dinge mit deinem Vater geraderücken muss.«

»So ist es richtig, geh doch hin und mach alles kaputt!«, brüllte Sophie. »Ich gehe jetzt!« Und sie stürzte los über die Schwelle – direkt in die Arme von Agatha Burnbright, die einen riesigen Strohhut mit einer knallrosa Geranie aufhatte und ein etwas auffallendes lila Nylonkleid trug.

»Ts, ts, Sophie Cross«, strahlte sie. »Du lebst aber dein Leben bei voller Geschwindigkeit, nicht wahr? Und wie ging's mit den Haaren?«

»Toll, vielen Dank!«, rief Sophie und rannte die Straße entlang. Mit ihr ist es sehr viel netter als mit meiner Mutter, dachte sie.

»Tut mir Leid«, entschuldigte sich Sophies Mutter und stellte den Mülleimer vor die Tür.

»Oh, machen Sie sich da mal keine Gedanken«, sagte Mrs. Burnbright. »Sie ist ein äußerst liebenswertes Mädchen.«

»Das kann sie sein, manchmal.«

Agatha Burnbright lachte. »Und was für einen Fehler haben Sie diesmal begangen? Haben Sie etwa geatmet?«

Vanessa grinste spöttisch. »Ich glaube, heute hab ich den Fehler gemacht und eine Meinung geäußert.«

»Oh, das ist tödlich, absolut tödlich.« Agatha schüttelte

ihren Kopf in gespielter Ernsthaftigkeit. »Wussten Sie nicht, dass Leute über dreißig keine Meinungen mehr haben dürfen?«

Vanessa lächelte.

»Oh, entschuldigen Sie«, sagte sie, als Agatha in den Laden trat. »Aber wir haben noch nicht geöffnet. Ich bin momentan hier ganz allein und ich ...«

»Machen Sie sich deshalb keine Gedanken«, sagte Agatha, »das könnten wir ändern. Ich wollte das gerade in den Briefkasten stecken, als Sophie die Tür aufmachte.«

Sie reichte Vanessa einen Umschlag. »Ich mach mich mal davon«, sagte sie. »Sie können mir dann ja mitteilen, was Sie davon halten.«

Damit winkte sie mit ihrem pummeligen Arm, schickte Vanessa noch mal ein strahlendes Lächeln und schloss die Tür hinter sich.

Aus irgendeinem Grunde ging es Vanessa jetzt besser.

An der U-Bahn-Station stand Tony schon wartend. Er blickte besorgt die Straße entlang und wirkte sehr erleichtert, als er Sophie erkannte.

»Hi!«, sagte er. »Ich hoffte, du würdest kommen. Ich dachte, wir könnten zusammen zur Schule fahren.«

»Heute Morgen etwa keine Taxifahrt?« Sophie grinste, sie freute sich über den Anblick von jemandem, von dem sie wusste, dass er von ihren Erzählungen vom Wochenende fasziniert sein würde.

Tony schüttelte den Kopf. »Mein Vater nimmt sich einen Tag frei«, sagte er, als sie in den Fahrstuhl traten. »Hör mal, ich hab mir was überlegt. Kannst du heute nach der Schule mitkommen und dir die Zeichnungen bei mir anschauen? Aber nur, wenn du möchtest«, fügte er noch schnell hinzu, für den Fall, dass Sophie ihn zu drängelig fand.

»Oh, ich kann leider nicht. Ich treffe mich mit meinem Vater. Aber morgen ginge es.«

»Okay«, Tony strahlte, »dann eben morgen. Und wie geht es deinem Vater?«

»Prima«, sagte Sophie und begann eine längere Beschreibung ihres Sonntags. Sie war gerade bei der Begegnung mit Lisa im Hauseingang angelangt und merkte erfreut, dass Tony ihr jedes Wort von den Lippen ablas, als ihr jemand auf die Schulter tippte.

»Hey, Sophie!« Sie drehte sich um und da stand Amy und grinste.

»Was, zum Teufel, machst du denn hier?« Amy wohnte in Primrose Hill und normalerweise setzte ihr Vater sie auf dem Weg zum Büro bei der Schule ab.

»Ich habe gestern Nacht bei meiner Großmutter geschlafen, weil meine Eltern sich einen ansüffeln wollten, unter dem Vorwand eines Wohltätigkeitsessens.« Amy grinste. »Hey, ich hab Neuigkeiten für dich!«

Sie warteten, bis die Bahn gehalten hatte. Dann stiegen sie ein. Tony folgte Sophie auf den Fersen.

Amy und Sophie fanden Sitzplätze, während er sich am Haltegriff festhielt und neben ihnen stand.

»Oh, Amy«, sagte Sophie. »Das ist Tony. Er ...«

»Hi, Tony!« Amy sah kurz in seine Richtung. »Also, Sophie, hör dir das an. Du weißt doch noch Annabels Party, ja? Rate mal, wer da auch war?«

»Keine Ahnung, wer denn?«

»Ben Tarrant!«, sagte Amy triumphierend. »Und er war ganz allein!« Sie betonte diese Tatsache mit der gleichen Begeisterung, als ob Ben auf der Party mit zwei Köpfen und Hufen statt Füßen aufgetaucht wäre.

»Egal«, fuhr Amy fort, bevor Sophie eine Bemerkung machen konnte. »Ich ging also zu ihm und ...«

»Hast ihn angebaggert!« Sophie grinste.

»Nein, überhaupt nicht!«, widersprach Amy. »Ich baggere keinen an.«

»Als Nächstes erzählst du mir auch noch, dass Katzen nicht miauen«, sagte Sophie. »Mach weiter.«

»Na ja, wir kamen so ins Gespräch und ich sagte: ›Ich habe eine Freundin, die findet dich megatoll‹, und er fragte: ›Wer denn?‹, und ich sagte: ›Sophie Cross‹, und er sagte: ...«

Tony trat von einem Fuß auf den anderen und hustete.

»Amy Darby!« Sophie sah sie entgeistert an. »Das hast du nicht getan!«

Amy nickte. »Aber klar, und weißt du was? Er fragte mich: ›Ist das die Hübsche, die früher mal mit Tim Bellinger ging‹, und ich sagte: ›Ja‹, und er sah aus, als ob ihn das unheimlich freuen würde, und wollte von mir deine Telefonnummer wissen!«

Sophie rutschte das Herz in die Schuhe. Sie mochte Ben eigentlich gar nicht so besonders. Sie hatte neulich nur gesagt, dass er ganz oben auf ihrer Liste stand, damit Amy endlich Ruhe gab. Und jetzt musste sie wieder durch diese ganze Farce durch: mit jemandem weggehen und Händchen halten, und dann würde Ben mehr wollen und sie würde nicht mehr wollen und – die ganze Angelegenheit war wahnsinnig deprimierend.

»Na, freust du dich nicht?«, wollte Amy wissen. »Du hast doch gesagt, Ben Tarrant stünde ganz oben auf deiner Liste von tollen Knaben.«

»Ja, weiß ich doch«, murmelte Sophie.

Tony schob die Brille auf seiner Nase hoch und holte eine Illustrierte aus seinem Rucksack raus.

Den Rest der Fahrt schwatzte Amy weiter von der Party und wie Matthew Vincent sie buchstäblich stundenlang geküsst hätte und dass sie sich ganz sicher wäre, dass sie diesmal total verliebt wäre, und wäre es nicht absoluter Wahnsinn, wenn Ben und Sophie miteinander gehen würden und sie dann zu viert weggehen könnten? Sophie versuchte Amy zu unterbrechen und ihr vom Lowdown Centre und Lisa zu erzählen, aber Amy war nicht zu stoppen.

Als die Bahn hielt, wo sie aussteigen mussten, schnappten sich Sophie und Amy ihre Taschen und gingen zur Tür.

»Also dann bis morgen«, sagte Sophie zu Tony. »Um wie viel Uhr? Wo?«

Tony zuckte die Achseln. »Ich hab grade noch mal nachgedacht. Morgen geht es, glaube ich, leider doch nicht.«

»Oh. Na ja, dann vielleicht Donnerstag.«

»Vielleicht«, sagte Tony.

Sophie wunderte sich, weil sie so ein blödes hohles Gefühl im Magen hatte.

»Was ist denn das mit dir und diesem Tony?«, wollte Amy wissen, als sie den Hügel hochliefen. »Er sieht ein bisschen bescheuert aus. Und was ist er?«

»Er ist nicht bescheuert!«, widersprach Sophie heftig. »Und was soll das denn heißen, wenn du fragst, was er ist?«

»Na ja, er sieht irgendwie indisch oder afrikanisch oder so aus«, sagte Amy.

»Wenn du's genau wissen willst, seine Mutter ist Karibin und sein Vater Engländer und du solltest dir keine Urteile über Leute bilden, die du nicht kennst!«

»Verzeihung, wenn ich dir auf den Schlips getreten bin. Soll ich daraus etwa schließen, dass du verknallt bist?«

»Mach dich doch nicht lächerlich!«, gab Sophie zurück. »Tony ist nicht – na ja, Tony ist eben Tony.«

An diesem Nachmittag traf sich Sophie mit ihrem Vater und sie verbrachten drei Stunden mit Broteschmieren und Teekochen und klebten noch mehr Sammelbüchsen zusammen. Aber von Lisa war keine Spur zu sehen und Sophie, die ihr zwei Taschenbücher und drei Nummern von ihrer Lieblingsillustrierten mitgebracht und an der Tür auf sie gewartet hatte, fühlte sich im Stich gelassen. Wenn man fürsorglich und mitfühlend sein möchte, dann hilft es einem nicht besonders, wenn das Objekt der Wohltätigkeit nicht auftaucht.

Hinterher nahm ihr Vater sie mit in seine Wohnung.

»Es ist schön hier, Papa«, sagte sie als sie am Tisch saßen und Chopsuey aus Aluschalen aßen. Ihre Mutter würde einen Anfall kriegen, dachte Sophie. Vanessa deckte immer sehr sorgfältig den Tisch, stellte Kerzenleuchter auf und legte passende Servietten dazu, selbst wenn man nur Toast und Marmelade aß.

»Ja«, sagte ihr Vater, »aber es ist sehr einsam.«

Sophie sah ihn überrascht an. »Was meinst du damit?«

Clive trank einen Schluck Bier aus der Dose und seufzte. »Ich gehöre zu den Menschen, die andere um sich herum haben müssen. Du kommst von der Schule nach Hause und da ist dann deine Mutter, aber ich komme nach Hause und da ist niemand. In Mosambik war ich nie allein, das ist ein sehr angenehmes Gefühl.«

Sophie war ganz elend zu Mute. Ihr war noch nie der Gedanke gekommen, dass ihr Vater sich vielleicht einsam fühlte.

»Ich könnte ja ab und zu mal hier übernachten«, schlug sie vor. »Ich bringe meinen Schlafsack mit und schlafe auf dem Sofa.«

Clives Gesicht leuchtete auf. »Oh Sophie, das wäre ja wunderbar! Und natürlich musst du nicht auf dem Sofa schlafen, du könntest mein Bett haben. Du vergisst, ich bin daran gewöhnt, an den seltsamsten Plätzen zu schlafen. Ich kann überall knacken. Oh, das wäre wunderbar, wenn du kommen könntest.«

Es ist toll, dachte Sophie, wenn man so gebraucht wird.

»Ich übernachte morgen bei Papa«, erzählte Sophie ihrer Mutter am Dienstag nach der Schule.

»Oh nein, meine junge Dame«, erwiderte ihre Mutter. »Ausgeschlossen.«

»Was meinst du mit ›ausgeschlossen‹? Das ist doch mein Leben. Ich schlafe, wo ich will.« Sophie hatte keine besonders gute Laune; sie hatte Tony auf dem Heimweg gesehen, aber als sie ihn rief, hatte er nur kurz genickt und sich weiter mit seinem Kumpel unterhalten. Er hatte nichts mehr von der Einladung zu sich gesagt.

»Sophie! So sprichst du nicht mit mir!«, schimpfte ihre Mutter. »Ich kann mir auch nicht vorstellen, dass dein Vater damit einverstanden ist, dass du während der Schulwoche bei ihm übernachtest, vielleicht ist er ja mittlerweile völlig losgelöst von der Alltagswelt hier in England, aber ganz bestimmt ...«

»Ist er gar nicht!«, brüllte Sophie. »Er ist derjenige, der genau weiß, was die Wirklichkeit ist, du bist es, die in einer falschen Pseudo-Nobel-Angeberwelt lebt. Er steht mit beiden Füßen fest auf der Erde.«

»Dann wär das ja das erste Mal«, murmelte ihre Mutter. »Du wirst dort nicht übernachten. Ich wollte ihn sowieso anrufen.«

»Ich finde dich fies«, sagte Sophie.

»Sie hat es mir nicht erlaubt«, sagte Sophie am Mittwoch zu ihrem Vater, während sie die Stufen hinunter in die Krypta von St. Saviour stiegen. Sie war ein bisschen zu spät in der Wohnung von ihrem Vater angekommen, aber sie hatte nach der Schule noch etwas gewartet, weil sie Tony abpassen wollte, doch er war nirgendwo zu sehen gewesen.

»Ich weiß es, sie hat mich angerufen«, sagte ihr Vater. »Sie ist so dickköpfig wie eh und je, stimmt's?«

Sophie merkte, wie sie wütend wurde. »Das ist sie überhaupt nicht, sie macht sich nur Sorgen wegen der Schule und solchen Sachen«, und dann fragte sie sich ganz verwundert, warum sie jetzt für ihre Mutter eingesprungen war.

Ihr Vater zuckte die Achseln. »Ist ja auch egal, ich werde mir halt ein Video ausleihen.«

Er hörte sich so unglücklich an, dass Sophie Gewissensbisse bekam. Sie fragte sich gerade, ob sie es wagen sollte, ihrer Mutter zu trotzen und ungeachtet ihres Verbots bei ihrem Vater zu übernachten, als jemand sie an ihrem Ellenbogen berührte.

»Hallo.«

Sophie drehte sich um. Da stand Lisa, sie trug dieselben Klamotten wie neulich und sah noch blasser aus.

»Lisa! Ich bin ja so froh, dass du hierher gekommen bist. Ich hab dir was mitgebracht.« Sophie wühlte in ihrer Tasche herum und zog das Buch und die Zeitschriften heraus.

»Toll, vielen Dank.« Lisa blätterte eifrig die Seiten um. Sie zitterte und zog die Jacke fester über ihrer Brust zusammen. »Es ist kalt hier drin, nicht wahr?«

Sophie hatte gerade ihr superteures Sweatshirt ausgezogen, weil ihr warm war, und sah Lisa besorgt an.

»Hast du denn gar keinen Pulli oder so was?«

Lisa schüttelte den Kopf.

»Mach dir keine Sorgen«, sagte Sophie. »Ich bring dir am Freitag was Warmes mit.«

Lisa lächelte und sah ziemlich zufrieden aus. »Super«, sagte sie. »Ich muss jetzt gehen.«

»Warte doch. Kann ich dich mal fotografieren?«

Sophie holte ihre Kamera aus ihrem Rucksack raus. Lisa sah ihn neidisch an. Sophie redete weiter: »Ich muss eine Hausarbeit über Armut schreiben und ich dachte …«

Plötzlich flammten Lisas große graue Augen wütend auf. »Oh, und da hast du gedacht, wenn du mir so ein blödes Buch mitbringst und ein paar Illustrierte, dann könntest du irgend so einen überheblichen Mist über dieses arme Mädchen schreiben, was leider dazu verdonnert ist, auf der Straße zu leben, und du und deine reichen Freundinnen sitzen dann da und lästern und …«

»Überhaupt nicht!«, brüllte Sophie. »So ist es gar nicht. Ich wollte nur ein paar Fotos machen, damit die Hausarbeit etwas professioneller aussieht. Damit die Leute sehen können, was du und deinesgleichen durchmachen müssen!«

»Und was gibst du mir dafür, wenn ich's dir erlaube?«, fragte Lisa plötzlich.

»Was möchtest du denn?«

Lisa knabberte an ihrer Lippe. »Würdest du mir – nein, natürlich machst du das nicht.«

Sophie runzelte die Stirn. »Na komm, sag schon«, drängte sie.

»Irgendwas, wodurch man hübscher riecht«, sagte Lisa.

»Na los, nun läster schon.«

Sophie lächelte. »Ich bring's dir am Freitag mit.«

Lisa's Gesicht leuchtete auf. »Super. So, und wo soll ich mich hinstellen?«

»Also werd ich ihr 'n paar Sachen mitbringen und ihr am Freitag geben, Papa«, sagte Sophie zu ihrem Vater, während er sie zur Bushaltestelle begleitete.

»Hör mal, Schätzchen«, sagte ihr Vater, »es ist falsch, wenn man sich da zu sehr engagiert. Diese Mädchen von der Straße, na ja, die sind einfach nicht wie du. Und wenn sie denken, dass sie dich leicht rumkriegen können, dann werden sie das ausnutzen.«

Sophie sah ihren Vater entgeistert an. Eigentlich war es doch genau das Sichengagieren, worum es immer ging.

»Aber du hast dich doch auch engagiert«, sagte sie. »Du hast dich in Afrika engagiert, als du diese Schule gebaut hast und die Straße und all das.«

»Ja.« Ihr Vater nickte. »Für ein Projekt. Ich hab mich für das Projekt engagiert, aber nicht für einzelne Menschen. Das ist sehr gefährlich, Sophie, wenn man zu solchen Leuten Beziehungen anknüpft. Oh, guck mal, da kommt dein Bus.«
Sophie stieg ein und winkte ihrem Vater zum Abschied zu. Auf dem Nachhauseweg dachte sie über das nach, was er gesagt hatte. Aus dem Mund ihrer Mutter hätte sie sowieso nichts anderes erwartet. Aber als das jetzt von ihrem wunderbaren Vater kam, war es doch ein ziemlicher Schock.

## Lovestory

Sophie kam durch den Laden gerannt und flitzte die Treppe zur Wohnung hoch. »Mama! Ich bin wieder da!«
Sie wollte heute Abend megafleißig und lieb sein, weil ihre Mutter beim Frühstück völlig durchgedreht war, als Sophie unbedingt ihren Vater auch an diesem Tag besuchen wollte.
Sie platzte ins Wohnzimmer und blieb wie angewurzelt stehen.
Auf dem Sofa saß jemand und trank Tee aus Vanessas handgetöpferten Teetassen. Agatha Burnbright.
»Sophie, Schätzchen«, sagte Vanessa, die müder aussah, als Sophie sie je gesehen hatte. »Das ist Mrs. … Oh, bitte, entschuldigen Sie, ich habe Ihren Namen vergessen.«
»Burnbright«, sagte Sophie. »Wie geht es Ihnen? War mit Ihren Haaren alles okay?«
»In der Tat«, sagte Agatha.

»Oh, ja«, murmelte Vanessa und goss noch eine Tasse Tee ein. »Ihr zwei kennt euch ja.«
»Mrs. Burnbright ist Tonys Großmutter«, verkündete Sophie und nahm sich einen Keks vom Teller.
»Ach ja?« Sophies Mutter hob eine Augenbraue.
»Oh ja, das war vielleicht ein Zufall!« Mrs. Burnbright lachte leise. »Unser Tony hatte schon tagelang dauernd von einer Sophie hier und Sophie da geredet, er benahm sich, als ob bei ihrem Anblick die Sonne aufgeht, und dann auf einmal, man soll es nicht glauben, sitzt sie da neben mir beim Frisör und ich hab es gar nicht gleich mitgekriegt, bis er dazukam.«
Sie unterbrach sich, weil sie erst mal Luft holen musste.
»Natürlich hab ich sofort gesehen, warum er so von ihr begeistert war«, schwatzte sie weiter. »Dieses Lächeln würde ja jeden überwältigen. Lächle immer so weiter, mein Kind, das ist ein wunderbares Mittel, damit kannst du alle rumkriegen!«
Während dieses Monologs hatte Vanessa mit offenem Mund völlig sprachlos dagesessen und das erschien Sophie fast genauso ein Wunder wie die Verwandlung von Wasser zu Wein.
»Mag er mich wirklich?«, fragte Sophie gespannt.
Agatha ließ ihre großen Hände auf ihre Oberschenkel niederklatschen. »Natürlich, mein Schätzchen! Mein Enkel ist wirklich ein wunderbarer Junge, er redet zwar nicht besonders viel, aber er hat sein Herz auf dem rechten Fleck. Er sagte zu mir: ›Graggie‹, sagte er – er nennt mich Graggie, denn als er noch ganz klein war, vermischte er dauernd Gran und Aggie –, ›Graggie‹, sagte er, ›ich finde Sophie ist was ganz Besonderes.‹«

Sie hielt wieder inne, um erneut Luft zu holen. Sophie war es plötzlich innerlich ganz warm. Es war so, als ob das Schicksal sich auf einmal um ihr Leben gekümmert hätte. Tonys Großmutter war jetzt eine Bekannte von ihrer Mutter und das bedeutete, dass Tony und sie sich wahrscheinlich öfter sehen würden. Und dann fragte sie sich, warum sie sich darüber so freute.

In der Zwischenzeit sah Vanessa so aus, als ob eine Bombe explodiert wäre. »Äh, nun ja, Mrs. Burnbright. Ich denke, wir haben jetzt alles geklärt. Ich sehe Sie dann morgen früh.«

»Aber ganz bestimmt, Mrs. Cross, ganz bestimmt. Und vielen Dank. Ich danke Ihnen vielmals.«

Mrs. Burnbright stemmte ihre üppige Gestalt aus dem Sessel hoch und sammelte ihre Habseligkeiten ein. »Ich werde in diesem wunderschönen Laden von deiner Mutter arbeiten«, sagte sie zu Sophie und grinste von einem Ohr zum anderen. »So kann sie sich auch mal ein bisschen ausruhen, damit sie wieder etwas Farbe ins Gesicht bekommt.«

Sophie warf ihrer Mutter einen Blick zu. Es stimmte. Sie sah schrecklich blass aus.

»Das ist toll, Mrs. Burnbright«, sagte Sophie.

»Ja, das stimmt.« Vanessa lächelte. »Vielen Dank für Ihr Angebot, Mrs. Burn…«

»Sie müssen sich nicht bei mir bedanken! Für mich ist es ein Traum, der wahr geworden ist, wenn ich zwischen diesen ganzen wunderschönen Dingen sein und so viele interessante Menschen kennen lernen kann!«

Bei ihr hörte es sich an, als ob das einem täglichen Besuch im Buckinghampalast gleichkam.

»Und ich bin darüber so schrecklich glücklich, mir fehlen

einfach die Worte.« Und noch fünf Minuten lang erzählte sie Cross senior und Cross junior, wie wunderbar glücklich sie war.

»Na, dann sag mir mal, Liebling«, sagte Vanessa in einem Ton wie Eltern, die verzweifelt wie ganz entspannte Menschen klingen wollen, aber in Wirklichkeit kurz vor dem Durchdrehen sind. »Dieser Tony, was genau läuft eigentlich zwischen euch beiden?«

Sophie versuchte gerade, einen besonders aussagekräftigen Absatz über Lisa auf der vierten Seite ihres Aufsatzes zu schreiben. Sie öffnete ihren Mund, um ihrer Mutter zu sagen, sie solle nicht so doofe Fragen stellen und dass Tony nur ein Typ war, den sie ab und zu auf dem Schulweg traf, und dass es überhaupt nichts zwischen ihnen gab. Aber mittendrin hörte sie auf zu reden.

Es stimmte, so war es auch. Aber seltsamerweise wünschte sich Sophie langsam, dass zwischen ihnen wirklich etwas wäre. Das war natürlich total lächerlich. Aber trotzdem war da dieser Wunsch.

»Ach, übrigens«, sagte Vanessa, als sie abends Tagliatelle und Salat aßen, »Livi hat angerufen. Sie sagte, du solltest sie zurückrufen.«

Sophie nickte. »Das ist bestimmt wegen dem Besuch an einem der nächsten Wochenenden. Wie lange kann sie denn kommen?«

»So lange, wie du möchtest. Aber denk dran, ich stecke bis über beide Ohren in Arbeit. Ich konnte immer noch nicht diese Rattanlampenschirme ausfindig machen und

Claudia Winterton wird langsam ungeduldig. Also erwarte nicht von mir, dass ich mit euch beiden ganz London abklappere.«

Sophie warf den Kopf in den Nacken. »Ich habe es längst aufgegeben, irgendwas von dir zu erwarten.«

Aber sie sagte das mit einem Lächeln.

»Und dann nehm ich dich mit zum Lowdown Centre, du weißt schon, ich hab dir neulich davon erzählt. Und wir können mit meinem Vater in seine Wohnung gehen und vielleicht werden wir auch Lisa begegnen und ...«

Sophie lag auf ihrem Bett, telefonierte mit Livi und aß einen Apfel.

»Toll, aber wir können doch auch zum Camden Market, ins *Café Rouge* und die Kensington Highstreet entlangbummeln, nicht wahr?«, bat Livi. »Und ich würde so gern wieder ins *Manic Max* gehen, ich hab ein neues Kleid, was ich da anziehen könnte.«

»Okay. Hab ich dir schon von Lisa erzählt? Ich hab ihr Make-up-Utensilien mitgebracht und sie ...«

»Ja. Du hast mir davon erzählt. Und was macht dein Liebesleben?«

»Da bin ich mir nicht so sicher«, sagte Sophie. Und dann überlegte sie, warum sie das gesagt hatte.

»Wie das denn?«

»Na ja, da gibt es so 'nen Typen, Tony, ich meine, ich steh nicht auf ihn oder irgend so was. Er ist nicht so ein Typ. Aber es macht Spaß mit ihm und wir haben uns irgendwie angefreundet und jetzt benimmt er sich auf einmal ganz merkwürdig und hält auf Abstand. Obwohl mir das nicht wirk-

lich was ausmacht. Oh, und hab ich dir von dem Kerl im Centre erzählt, der ...«
»Ja. Hast du schon.«
»Oh«, sagte Sophie.

## Es liegt was in der Luft

»Mrs. Burnbright«, sagte Sophie am Donnerstagnachmittag nach der Schule, als Agatha die Regale neu einräumte und Vanessa sich oben in der Wohnung ausruhte, »wissen Sie noch, Sie haben neulich mal gesagt, dass Tony mich gut leiden könnte?«

»Aber klar doch, Schätzchen«, sagte Mrs. Burnbright.

»Na ja, hat er jemanden – ähem ... mit wem geht Tony eigentlich?«

Mrs. Burnbright war gerade dabei, ein Glasregal mit scharlachroter Seide zu bedecken und hielt auf einmal inne. »Tony? Och, der hat keine Freundin. Der ist die ganze Zeit immer nur am Zeichnen, na ja, jedenfalls war das so bis zu dieser Woche. Jetzt sitzt er beleidigt in der Ecke, weil du ihm einen anderen Kerl vorziehst.«

Sophie runzelte die Stirn. »Ich? Ich hab doch gar niemanden, ich hab überhaupt nix mit Freunden im Sinn.«

Mrs. Burnbright lachte vor sich hin. »Ach wirklich? Na, da überraschst du mich aber. Ich hätte gedacht, dass dir massenhaft Typen zu Füßen liegen.«

Sophie seufzte. »Ich werde zwar oft eingeladen, aber es

macht mir überhaupt keinen Spaß. Dieses ganze, na ja, Sie wissen schon, diese Knutscherei und …«

Sie unterbrach sich, ganz entsetzt, dass sie solche Intimitäten einer Frau anvertraute, die sie noch kaum kannte.

Aber Agatha Burnbright wirkte völlig gelassen. »Falls sie nur das wollen, mein Kind, solltest du besser fernsehen. Du hat völlig Recht, Jungen sind überhaupt nicht so wichtig. Du solltest Tony am besten sagen, dass du kein Interesse an ihm hast.«

»Oh, aber das hab ich doch!«, entfuhr es Sophie. »Na ja, was ich sagen wollte, also eigentlich, ähem, könnten Sie ihm vielleicht sagen, dass ich mit keinem gehe? Natürlich nicht, dass wir uns darüber so unterhalten haben …«

Mrs. Burnbright schüttelte den Kopf. »Nein, Schätzchen. Sag du's ihm selber. Großmütter sollten am besten den Mund halten und sich nicht einmischen. Jetzt halt doch mal einen Moment diesen Stoff fest, während ich ihn anpinne, machst du das bitte?«

»Tony! Warte doch!« Sophie rannte am Freitagmorgen aus dem Fahrstuhl, knallte dabei mehreren Leuten ihre Mappe in den Bauch, aber sie überhörte alle Protestrufe von den Geschäftsleuten, die in Gedanken mit der nächsten Vorstandssitzung beschäftigt waren.

Tony blieb unten an der Treppe stehen und drehte sich zu ihr um.

»Hör mal.« Sophie hatte die halbe Nacht an ihrer Rede geübt und sie auswendig gelernt. »Ich weiß zwar nicht warum, aber du denkst, dass ich mit irgendjemandem gehe, bloß das stimmt nicht.«

Tony runzelte die Stirn. »Aber du schwärmst doch für irgendeinen Ben, oder?« Sophie sah, dass seine Brille noch schiefer hing als sonst und dass die Gläser verschmiert waren, was sein desolates Aussehen noch verstärkte.

»Nein, überhaupt nicht!«, gab sie zurück. »Ach, jetzt kapier ich's – du hast Amy von der Party schwatzen hören und gedacht, ich würde gern mit Ben gehen wollen.«

»Und tust du das etwa nicht?« Tony sah sie hoffnungsvoll an.

»Nee. Amy übertreibt manchmal. Und selbst wenn ich mit ihm gehen wollte, dann würde er mich bestimmt bald wieder sitzen lassen. Das passiert mir meistens.«

»Seltsam. Ich würde das nie tun.«

»Doch, bestimmt, du auch.« Und zum ersten Mal kriegte Sophie in Tonys Gegenwart einen knallroten Kopf. »Ich bin nämlich schüchtern.«

Sie konnte es selber nicht glauben, dass sie das eben wirklich gesagt hatte.

»Ach, und du glaubst wohl, ich wäre das personifizierte Selbstvertrauen, was?« Tony grinste. »Ich sterbe jeden Tag tausend Tode vor lauter Peinlichkeit.«

»Das zeigst du aber nie«, sagte Sophie überrascht.

»Der Vorteil von einer Haut in Soßenfarbe ist, dass man nicht sehen kann, wenn sie rot wird.«

Sophie lächelte. Dann merkte sie, dass sie keinen roten Kopf mehr hatte.

»Sophie?«

»Ja?«

»Willst du mit mir gehen?«

Sophie schluckte. »Du meinst – so richtig miteinander?«

»So richtig miteinander.«

»Ja, gern. Das fände ich toll.«

»Das trifft sich gut.« Tony strahlte. »Ich nämlich auch. Willst du heute kommen und dir meine Zeichnungen ansehen, heute Nachmittag?«

Sophie wollte schon sagen, daß sie freitags immer zu ihrem Vater fuhr, aber dann ließ sie das bleiben. Ihm würde es bestimmt nichts ausmachen, wenn sie sich ein bisschen verspätete. Schließlich wollte sie ja das ganze Wochenende bei ihm verbringen. »Genial«, sagte sie. »Genial.«

»Ich gehe mit Tony«, erzählte Sophie ihrer Mutter beim Nachhausekommen.

»Ach, wie nett, Schätzchen – und wohin?«, erwiderte Vanessa.

»Nein, nicht so. Ich meine ›gehen‹ wie in ›richtig miteinander gehen‹.

Vanessa zwinkerte. »Mit Tony? Dem Tony von Mrs. Burnbright?«

Sophie nickte. »Und du brauchst mich gar nicht erst zu fragen: Sein Vater ist kein Aufsichtsratsdirektor von Garnix und seine Mutter ist auch keine Rechtsanwältin oder die Tochter von einem Herzog. Aber ich hab ihn gern und ich werde mit ihm gehen und du kannst mich nicht daran hindern.«

Sie hielt kurz inne. »Und nur weil seine Mutter schwarz ist, brauchst du noch lange keine blöden Bemerkungen zu machen.«

Vanessa starrte sie an. »Ha! Und wer hat hier als Erste von der Hautfarbe geredet? Natürlich ist mir das völlig egal, einige meiner besten Freunde haben sehr exotische Vorfahren. Nein, Liebling, ich freue mich für dich. Ich fand ihn sehr nett und seine Großmutter ist einfach eine Perle. Ich bin begeistert.«

»Echt?«

Vanessa nickte. »Das bedeutet natürlich, dass du jetzt weniger Zeit in diesem Centre verbringen wirst, nicht wahr? Bestimmt hast du jetzt was Besseres zu tun, als dich mit diesen Pennern abzugeben.«

Sophie sah Vanessa wütend an. »Ach, deshalb findest du ihn also so nett, ja? Was das betrifft, so werde ich immer noch oft dahin gehen. Schließlich hab ich bald Ferien, oder hast du das vergessen?«

Vanessa riss die Augen auf. »Aber Livi kommt doch!«, protestierte sie.

»Ich weiß. Ich werde Livi dahin mitnehmen.«

Vanessa schüttelte nachdenklich den Kopf. »Du solltest dich davon nicht so überwältigen lassen, Sophie, mein Schätzchen«, sagte sie. »Du solltest das nicht zu einer Besessenheit werden lassen.«

»Wenn wir schon von Besessenheit reden wollen«, sagte Sophie, »da bist du ja wohl nicht diejenige, die das zum Thema machen sollte.«

Sophie hatte sich schon seit Ewigkeiten nicht mehr so prächtig amüsiert. Tony wohnte im vierten Stock. Die Wohnung war voll gestopft mit Möbelstücken, die nicht besonders gut zusammenpassten und zwischen denen auch noch eine große Anzahl knallbunter Nippes stand. An den Wänden hingen viele Bilder aller Sorten: westindische Gemälde von Zuckerrohrfeldern und Windmühlen, einige Plakate von Georgia O'Keefe und in dem engen Flur gab es eine ganze Sammlung von Bleistiftskizzen von berühmten Londoner Gebäuden.

»Die da sind toll«, sagte Sophie. »Kann ich denn jetzt was von deinen Sachen sehen?«

»Das sind meine Sachen«, sagte Tony.

»Was denn – das alles?«

Er nickte. »Und das auch.«

Er holte eine große Mappe hervor und zog Blatt um Blatt heraus und legte es auf den Fußboden.

Sophie war völlig hingerissen.

Es gab Zeichnungen – auch einige von ihr – und Aquarelle von Hampstead Heath und Karikaturen von Politikern und Kopien von berühmten Kunstwerken.

»Du hast ja wahnsinnig was drauf!« Sophie seufzte. »Und was ist das hier?« Sie ging zu einer Staffelei am Fenster, betrachtete die halb beendete Zeichnung und riss den Mund auf.

Das war sie. Es war, als ob sie in einen Spiegel schaute. Er hatte alles ganz genau getroffen, ihre Augen, die widerspenstige Haarsträhne, die nie dort blieb, wo sie bleiben sollte, und auch ihr immer etwas trotziges, dabei verlegenes Grinsen.

»Es ist noch nicht sehr gut«, sagte Tony rasch. »Ich hab es nur aus der Erinnerung gezeichnet.«

Sophie sah ihn an. »Es ist wunderschön«, sagte sie leise.

»Aber wie konntest du das aus der Erinnerung so treffen?«

»Weil du immer in meinem Kopf bist«, sagte er, den Blick auf den Teppich gerichtet.

Sophies Knie fühlten sich an wie Gelee. Ihr Mund war

ganz trocken. Ihr Herz wummerte. Sie kriegte am ganzen Körper Gänsehaut.

Sie sah Tony an und er sah sie an.

Sehr langsam nahm er ihre Hand. Und sie fand das ganz in Ordnung.

Sehr langsam nahm sie seine Brille ab. Und er ließ das zu.

Und noch langsamer und sehr, sehr aufgeregt berührte er ihre Wange mit seinen Lippen.

Und in diesem Augenblick entdeckte Sophie Cross, dass sie völlig normal war.

## Lebenspläne

Sophie verbrachte das Wochenende mit ihrem Vater. Ihre Mutter war von dem Plan nicht sehr begeistert gewesen, aber sie hatte nachgegeben. Sie wollte am Sonntag zu Clives Wohnung kommen und Sophie dort abholen und bei der Gelegenheit konnte sie sich alles genau anschauen.

»Zum Mittagessen bist du dann ja wieder zurück zu Hause«, sagte Vanessa. »Da gibt es auch noch ein paar Hausaufgaben, die erledigt werden wollen.«

Auf diese Weise kann ich auch noch ein bisschen was von Tony sehen, dachte Sophie.

»Okay, Mama«, sagte Sophie und Vanessa wartete vergeblich auf den erwarteten Ausbruch, der aber nicht kam.

Als Sophie und ihr Vater im Lowdown Centre eintrafen, saß Lisa mit einem anderen Mädchen draußen. Die andere hatte langes verfilztes Haar und mehr Ringe durch Nase und Ohrläppchen gepierct, als Sophie jemals zuvor gesehen hatte. Sophie blieb noch ein bisschen stehen, um sich mit ihnen zu unterhalten, während Clive energisch die Stufen zur Krypta hinunterschritt.

»Das ist Kim«, sagte Lisa. »Meine Freundin. Das ist das Mädchen, von dem ich dir erzählt habe.«

Kim kaute Kaugummi und grunzte.

»Sieh mal«, sagte Sophie. »Das hier hab ich dir mitgebracht.«

Lisa warf einen Blick in die Einkaufstüte und lächelte. »Danke«, sagte sie und drehte sofort die Kappe von dem Lippenstift ab.

»Was willst du denn mit dem Kram?«, fragte Kim.

»Knete, das ist es, was wir brauchen.«

Lisa schluckte. »Ich möchte einfach mal – wieder hübsch sein.«

Sophie hätte am liebsten geheult.

»Bescheuert«, sagte Kim und stampfte davon.

»Hey, warte mal!« Lisa wollte hinter ihr herrennen.

Sophie hielt sie am Arm fest. »Nein, bleib doch, ich finde sie nicht sehr nett.«

Lisa zuckte die Achseln. »Sie kümmert sich um mich. Man kann dieses Leben nicht aushalten, wenn man nicht jemanden hat, der sich um einen kümmert.«

Sophie hätte sie am liebsten in die Arme geschlossen. »Ich kümmer mich um dich.«

»Ach, spinn doch nicht rum!«, fauchte Lisa sie an. »Was weißt du schon?«

Und dann rannte sie hinter Kim her.

Sophie fragte sich langsam, ob es wirklich so viel Spaß machte, Gutes zu tun.

»Ich frage mich«, sagte Clive, als er und Sophie in einem Straßencafé saßen, die letzten Sonnenstrahlen des Spätherbstes genossen und dabei einen Croque-Monsieur aßen und Cappuccino tranken, »ob ich nicht für immer in England bleiben soll.«

Sophie riss den Mund auf. »Genial!«, rief sie. »Dann könnten wir uns ganz oft sehen. Hast du denn schon einen neuen Job gefunden?«

Clive schüttelte den Kopf. »Noch nicht«, gab er zu. »Aber irgendwie, dachte ich, es wäre nett, wenn ich mir eine eigene Wohnung suchte, sozusagen sesshaft würde.«

Er seufzte. »Aber natürlich macht das Alleinleben nicht so viel Spaß. Es sei denn, du würdest bei mir einziehen.«

Sophie war perplex. Darüber hatte sie überhaupt noch nie nachgedacht. Natürlich war sie gern mit ihrem Vater zusammen und seine chaotische Art war eine höchst willkommene Abwechslung zu der Superordnung ihrer Mutter mit den immer farblich zusammenpassenden Kissen. Aber sie hatte auch ihre Mutter lieb, trotz ihrer manchmal etwas seltsamen Art, und es wäre ein großer Schritt für sie, die gemütliche Wohnung und ihr wunderschönes Zimmer zu verlassen, nur um mit ihrem Vater zusammenzuziehen.

»Ich bin ja blöd«, sagte ihr Vater, der ihr Gesicht beobachtet hatte. »Natürlich würde ein Mädchen wie du sich nie um so einen alten doofen Vater kümmern wollen.«

»Du bist nicht alt«, wehrte Sophie ab. »Und natürlich wäre es toll, aber …«

»Fändest du das wirklich toll? Ja? Das ist ja wundervoll!«

Ihr Vater sprang auf und nahm sie in die Arme. »Komm, wir gehen in das schönste Eiscafé – und feiern! Morgen mache ich mich auf die Suche nach einem Haus für uns.«

Sophie wollte ihrem Vater schon sagen, er sollte die Dinge nicht so überstürzen, aber als sie das glückliche Lächeln auf seinem Gesicht sah, schwieg sie lieber erst mal.

Sie konnte es ja immer noch so einrichten, dass sie die Hälfte der Zeit mit ihrem Vater und die andere Hälfte mit ihrer Mutter verbrachte. Das wäre doch cool.

Sie wunderte sich nur, warum sie sich nicht freute.

»Meinst du nicht, wir sollten noch ein bisschen aufräumen, bevor Mama kommt?«, fragte Sophie ihren Vater am Sonntagvormittag um elf Uhr.

Er lag auf dem Sofa, las Zeitung und trank Kaffee aus einem Pappbecher. Der Fußboden war übersät mit Zeitungen und leeren Bierdosen und das ganze Zimmer roch nach dem Hühnercurry und dem griechischen Lamm vom vorigen Abend. Zum ersten Mal fiel Sophie der Staub auf den Möbeln auf und der Haufen Schmutzwäsche auf dem Fußboden unter dem Waschbecken.

»Das ist meine Wohnung«, sagte Clive. »Sie muss das so akzeptieren, wie es ist.«

Sophie wollte schon widersprechen, als ihr Vater aufstand und sie in den Arm nahm. »Es ist so wunderbar, dass ich dich endlich mal bei mir habe. Nichts ist wichtig, solange ich dich hier habe, nicht wahr?«

Er hat Recht, dachte Sophie, es gibt wichtigere Dinge im Leben als saubere Teppiche und Blumendüfte.

»Ich hab in meinem ganzen Leben noch nie einen solchen Saustall gesehen!«, wütete Vanessa, als Sophie und sie im Taxi nach Hause fuhren. »Wie kann dieser Mann von dir erwarten, dass du es in diesem Dreck aushältst ...«

»Ach, nun übertreib doch nicht so schrecklich!«, widersprach Sophie. »Es war ein bisschen unordentlich, das ist alles. Bloß weil du eine Sauberkeitsfanatikerin bist.«

»Und dieses Essen!«, fuhr Vanessa fort. »Alles aus Packungen und Dosen – und ich wette, er isst immer so. Na gut, ich nehme mal an, er wird in ein paar Wochen wieder abreisen und dann werden wir wieder so leben wie früher! Ehrlich, das ist ja wirklich ein toller Vater.«

Das war zu viel. »Er ist ein klasse Vater und er hat wenigstens Zeit für mich«, regte Sophie sich auf, »und das ist mehr, als man von dir sagen kann. Und wenn du's unbedingt wissen willst, er geht gar nicht zurück nach Afrika. Er kauft ein Haus.«

Vanessa sah sie erstaunt an. »Er kauft ein Haus?«, wiederholte sie.

»Ja!«, spuckte Sophie aus. »Und ich werde dort bei ihm wohnen.«

Vanessa saß regungslos da. Eine Zeit lang schwieg sie. Dann wandte sie sich Sophie zu. »Du willst bei deinem Vater wohnen?«

Sophie wünschte langsam, sie hätte die Worte nicht ausgesprochen. Schließlich war noch nichts entschieden und sie hatte sich eigentlich alle Möglichkeiten offen halten wollen.

Aber ihre Mutter hatte so verächtlich über ihren Vater gesprochen, dass sie sich nicht mehr hatte bremsen können. »Jawohl, das werde ich!«, gab sie zurück und war sich ganz sicher, dass ihre Mutter es ihr sofort verbieten würde.

»Ach so«, sagte ihre Mutter, als das Taxi vor dem »Töpferschuppen« anhielt. »Na, warum läufst du nicht schon nach oben und machst deine Hausaufgaben, während ich noch mal mit Mrs. Burnbright rede!«

Sie öffnete die Tür und betrat den Laden mit einem strahlenden Lächeln im Gesicht. »Na, wie ging es denn so, Mrs. Burnbright? Viel Kundschaft?«

Sophie sah ihr verdattert nach. Gerade eben habe ich meiner Mutter erzählt, dass ich ausziehen will, und es ist ihr völlig egal. Sie hat ja nicht mal was dagegen gesagt. Zum ersten Mal seit vielen Monaten wünschte sich Sophie, dass ihre Mutter ihr energisch widersprochen hätte.

## Sorgen?

»Na, hat er angerufen?« Amy Darby hatte am Schultor auf Sophie gewartet.

»Wer soll angerufen haben?«

»Na, Ben natürlich, du Dussel«, sagte Amy.

»Nein, hat er nicht«, erwiderte Sophie. »Und außerdem hat er sowieso keine Chance. Ich gehe jetzt mit Tony.«

Amy sah aus, als hätte man ihr eine Tonne Backsteine auf den Kopf geworfen. »Tony? Was – dieser bescheuerte Typ, mit dem ich dich neulich in der U-Bahn gesehen hab? Wegen dem lässt du Ben sausen?«

Sophie nickte. »Und du kannst das Ben auch gleich erzählen und ihm alle Mühen ersparen«, sagte sie mutig.

Amy sah sie an. »Du bist ja total verrückt.« Aber zum ersten Mal war Sophie das völlig egal.

Der Rest der Woche verstrich ohne besondere Ereignisse. Am Dienstag war Tony bei Sophie zum Abendbrot eingeladen und Vanessa fummelte mit irgendwelchen Blumengestecken auf dem Tisch herum und vier verschiedene Brötchensorten lagen im Brotkorb. Mit dem größten Vergnügen informierte sie Tony und Sophie, dass dieses Körbchen von einer Kooperative aus Venezuela käme. Tony fragte, ob er sich im Laden umschauen dürfte, obwohl der geschlossen war, und Sophies Mutter geriet völlig unnötigerweise aus dem Häuschen, weil er eins der Bilder an der Wand als ein Originalgemälde von Bernard Venables erkannte. Da Sophie gerade in ihrer Lieblingszeitschrift einen Artikel über eine Mutter gelesen hatte, die sich den Freund ihrer 15-jährigen Tochter angelacht hatte, war sie fest entschlossen, diese gegenseitige Bewunderung zu beenden.

»Komm schon, Tony«, drängelte sie. »Wir wollten doch spazieren gehen.«

»Gleich«, sagte Tony. »Mrs. Cross, woher kommt denn diese Keramik?«

»Oh, sag doch Vanessa zu mir.« Sophies Mutter lächelte ihn an.

Ich glaube, dachte Sophie, mir wird schlecht.

Am Mittwoch besuchte Sophie ihren Vater. Aber es war nicht so nett wie sonst. Sie hatte jetzt von den Imbissgerichten die Nase voll und, um ehrlich zu sein, sie fand das Brötchenschmieren im Centre und die Unterhaltung mit den älteren Helferinnen nicht gerade eine supertolle Angelegenheit. Von Lisa war nichts zu sehen und ihr Vater beschäftigte sich die ganze Zeit mit irgendwelchem langweiligen Papierkram.

Sie konnte nicht vergessen, dass sie eigentlich zur gleichen Zeit mit Tony hätte Federball spielen können. Sie wünschte, dass er mehr gedrängelt hätte. Aber er sagte nur, sie sollte das tun, was für sie richtig wäre. Doch langsam fragte sie sich, ob Brötchenschmieren für sie wirklich das Richtige war.

Am Donnerstag verschlief Sophie. Normalerweise weckte ihre Mutter sie immer mit einer Tasse Tee, aber als Sophie ihre Augen aufschlug, war es schon acht Uhr.

»Mama!«, kreischte sie und platzte in das äußerst stilvoll eingerichtete Schlafzimmer ihrer Mutter. »Du hast mich gar nicht geweckt!«

Vanessa lag im Bett, sah sehr blass aus und hatte sich einen feuchten Waschlappen auf die Stirn gelegt. »Migräne«, murmelte sie. »Entschuldigung.«

Sofort war Sophie äußerst besorgt. »Kann ich dir helfen? Soll ich dir Tabletten besorgen? Möchtest du eine Tasse Tee? Soll ich den Doktor anrufen?«

Vanessa schüttelte den Kopf und stöhnte dann wieder leise wegen der Schmerzen, die das verursacht hatte. »Mir wird's schon bald wieder besser gehen. Aber du könntest Mrs. Burnbright anrufen und sie bitten, schon etwas früher zu kommen und den Laden zu öffnen. Würdest du das bitte tun?«

»Aber natürlich, Mama.« Sophie gab ihr einen Kuss auf die Wange. »Und bist du ganz sicher, dass alles wieder okay wird? Ich könnte zu Hause bleiben und mich um dich kümmern.«

»Nein, das kannst du nicht!«, sagte ihre Mutter.

»Na gut, dann eben nicht«, sagte Sophie.

Als Sophie am Nachmittag nach Hause kam, erwartete sie eigentlich, dass ihre Mutter wieder im Laden stand und alles unter Kontrolle hatte. Aber hinter dem Tresen stand Tonys Großmutter und bediente die Kunden und von Vanessa war nichts zu sehen.

»Sie ist völlig erschöpft«, sagte Ms. Burnbright, nachdem die letzte Kundin gegangen war. »Sie hat seit Jahren diesen Laden fast ohne Hilfe am Laufen gehalten und es auch immer irgendwie geschafft, aber jetzt, mit diesen ganzen anderen Sorgen – na ja, was kann man da auch anderes erwarten?«

Sophie runzelte die Stirn. »Sorgen? Geht das Geschäft so schlecht, ja?«

»Oh, Kind, das steht mir nicht zu, solche Fragen zu stellen«, sagte Mrs. Burnbright, während sie leere Schachteln in der Ecke aufeinander stapelte. »Nein, es sind die Sorgen um dich, dass du ausziehen willst und bei deinem Vater wohnen möchtest, das reißt sie förmlich entzwei.«

»Hat sie Ihnen das erzählt?«, fragte Sophie überrascht.

»Ja.«

Sophie schüttelte den Kopf. »Nein, es ist ihr doch völlig

egal, so oder so. Aber ich hab mich sowieso noch nicht endgültig entschieden.«

»Aber sie macht sich viel daraus, Sophie. Bestimmt.«

Sophie saß auf einem Hocker und stützte ihr Kinn auf die Hand. »Sie fände das bestimmt gut, ehrlich«, sagte sie. »Ich meine, denken Sie doch nur mal jetzt an die Ferien. Alles, was sie daran interessiert, ist, dass ich aus dem Weg bin und mich mit irgendwas beschäftige. Sie hat niemals für irgendwas Zeit außer für den Laden. Oh, und natürlich für irgendwelche Essenseinladungen, wenn sie mit den Kundinnen schwatzen kann.«

Mrs. Burnbright legte eine mollige Hand auf Sophies Arm.

»Wir tun alle, was wir können, Sophie. Deine Mutter hat wahrscheinlich gedacht, dass sie ihr Leben sehr gut im Griff hat, und dann – wumm! – schlägt das Schicksal zu und sie steckt in einem richtigen Dilemma. Also, was soll sie tun?«

»Keine Ahnung«, sagte Sophie spöttisch.

Agatha Burnbright schüttelte den Kopf und ihre riesengroßen goldenen Ananasohrringe klimperten fröhlich. »Sie liebt dich, Kind. Sie macht sich Sorgen, sie hat Angst und wacht nachts auf und da kriegt sie dann diese Migräne. Oh, sie wird schon hin und wieder auch rummeckern, ganz klar. Aber nur, weil sie sich so viele Sorgen macht. Glaub mir, nichts sagen ist viel leichter. Aber davon werden Kinder nie glücklich.«

Sophie starrte sie an. Papa sagte niemals was von Regeln und Vorschriften. Papa ließ sie essen, was sie wollte, und redete nie vom Aufräumen. Aber warum machte sich Sophie

auf einmal Gedanken, dass das Zusammenleben mit ihm vielleicht doch nicht so cool würde?
Vielleicht machte Papa sich Sorgen wegen der Armen und Benachteiligten. Wegen sich selbst. Und vielleicht auch wegen Sophie.
Aber vielleicht nicht auf die richtige Weise.

Sophie steckte den Kopf durch den Türspalt und sah ins Schlafzimmer ihrer Mutter. Vanessa schlief tief und fest und Sophie sah auf ihren Wangen die Spuren von getrockneten Tränen.
Sie schlich auf Zehenspitzen zum Bett und gab ihr einen Kuss. »Ich hab dich lieb, Mama. Ganz doll.«

Am Freitag lud Sophie Tony ein, er sollte mitkommen und ihren Vater kennen lernen. Es wurde ihr langsam ein bisschen eintönig mit ihrem Vater, sie gingen immer zum Centre und hinterher kauften sie sich bei einer Imbissbude was zu essen und dann hörte sie ihm zu, wie er laut überlegte, wo er wohnen wollte und was er kaufen sollte oder ob er zurück nach Afrika gehen sollte oder nicht. Wenn sie Tony dabeihätte, würde es vielleicht etwas fröhlicher sein.
Aber seltsamerweise bewirkte das das genaue Gegenteil. Sophies Vater, der sonst so freundlich und zugewandt war, benahm sich Tony gegenüber sehr distanziert und kühl.
»Also das ist Tony«, sagte er, als sie in der Wohnung ankamen, die nach schalem Curry stank und noch unordentlicher aussah als sonst. »So, so. Und ihr zwei geht also miteinander, ja?«
Sophie nickte eifrig.

»Und du kommst aus – lass mich mal raten. Marokko? Äthiopien?«

Tony lächelte und schüttelte den Kopf, aber Sophie merkte, dass er die Fäuste geballt hatte.

»Eigentlich komme ich aus Fulham, Sir«, sagte er mit eisiger Höflichkeit.

»Ah ja, aber – ich meine, von wo wirklich?«, fragte Clive.

»Meine Mutter stammt von Barbados«, sagte Tony, »mein Vater ist Londoner.«

»Aha«, sagte Clive. »Und ihr beide seid also richtig miteinander befreundet?«

»Ja«, sagte Tony.

»Oh«, sagte Clive.

Nach einer etwas ungemütlichen halben Stunde ging Tony dann zur Toilette.

»Sophie, das ist wohl kaum vernünftig«, sagte Clive.

»Was ist nicht vernünftig?«

»Du und Tony – dass ihr miteinander geht.«

Sophie lachte. »Papa, du bist ja so altmodisch. Ich bin schon fast fünfzehn, nun hab dich mal nicht so. Ich gehe schon mit Jungs, seitdem ich zwölf bin.«

»Aber nicht mit Schwarzen«, sagte ihr Vater.

Sophie war so schockiert, dass ihr keine Entgegnung darauf einfiel.

»Sophie, ich arbeite mit diesen Leuten. Ich kenne sie in- und auswendig. Sie sind nicht wie wir. Oh, du kannst jetzt sagen, dass er ein Mischling ist, aber das ist nur noch schlimmer. Mischlinge haben keine wirkliche Identität, sie leben ein ganz extremen Schwankungen unterworfenes Leben. Halt dich von ihm fern, Sophie. Halt dich von ihm fern.«

Sophie starrte ihren Vater fassungslos an und wollte gerade etwas sagen, als Tony wieder das Zimmer betrat.

»Ich glaube«, sagte Sophie, »wir müssen jetzt gehen. Tony und ich wollen zusammen essen gehen.«

»Soll ich mitkommen?«, fragte ihr Vater.

»Nein«, sagte Sophie.

In dieser Nacht konnte Sophie nur schlecht einschlafen. Die Worte ihres Vaters gingen ihr immer im Kopf herum. Sie glaubte sie natürlich nicht eine einzige Minute. Sie hatte Tony sehr gern und das änderte sich dadurch nicht. Das Zusammensein mit Tony machte Spaß, er respektierte ihre Ansichten und sie fühlte sich mit ihm viel besser, als wenn sie allein war.

Sie hatte aber gerade festgestellt, dass sie nicht dasselbe von ihrem Vater behaupten konnte.

## Ärger auf der Straße

Sophie und Livi hatten die ersten zwei Tage von Livis Besuch damit verbracht, all das zu tun, was auf Livis Wunschliste stand. Sie hatten einen Schaufensterbummel auf der King's Road gemacht, waren zum Trocadero-Center gegangen, hatten den Verkäufern in Covent-Garden zugeschaut und im Londoner Dungeon rumgebrüllt. Sie fuhren in einem Doppeldeckerbus, aßen Baguettes oder Koriandersuppe in Notting Hill Gate und bekamen ein Gratis-Make-up in einem Body-Shop.

»Ich muss unbedingt noch zum Camden-Market«, sagte Livi, als sie abends auf Sophies Bett niedersanken und ihre Einkäufe betrachteten.

»Das machen wir morgen«, sagte Sophie. »Dann kannst du meinen Vater kennen lernen und dir das Centre anschauen. Und ich kann Lisa ein paar von meinen alten Klamotten mitbringen. Ich muss sowieso mal ausmisten und dabei kannst du mir helfen.«

»Sophie«, sagte Livi zwei Stunden später.

»Hmm?« Sophie warf einen kritischen Blick auf einen roten Lederminirock und fragte sich, ob sie den jemals wieder anziehen würde.

»Schmeißt du das wirklich alles weg?«

Sophie nickte. »Das brauch ich nicht mehr.«

Livi fand eigentlich alles noch ziemlich in Ordnung. Sie nagte an ihrer Lippe. »Und du willst das alles diesem Mädchen geben, dieser Lisa?«

Sophie nickte. »Sie ist obdachlos. Ich muss ihr helfen.«

»Oh«, sagte Livi. »Ich hab mir nur gerade überlegt, könnte ich dir vielleicht davon irgendwas abkaufen?«

Sophie sah sie erstaunt an. »Abkaufen? Du? Du kannst haben, was du willst, nur lass noch was für Lisa übrig. Sie kriegt niemals solche Sachen.«

»Ich auch nicht.« Livi betrachtete aufmerksam die Etiketten. »Das hier ist toll.«

»Dann nimm's dir doch«, sagte Sophie.

Livi umarmte sie. »Du bist unheimlich nett.«

Ich hätte nie gedacht, dass ich meine eigenen Freundinnen so glücklich machen könnte, dachte Sophie.

Als Sophie und Livi beim Centre ankamen, saß Lisa nicht weit davon in einem Hauseingang.

»Hi, Lisa!«, sagte Sophie. »Das ist meine Freundin Olivia. Alle sagen Livi zu ihr.«

»Hi«, sagte Lisa. Ihre riesengroßen Augen waren stumpf und rund um ihren Mund hatte sie ein Ekzem. Sie sah fast so aus, als würde sie schlafen.

»Das hab ich dir mitgebracht«, sagte Sophie und war sich sicher, dass die Einkaufstüte voller Kleider Lisa wieder etwas aufmuntern würde.

Lisa sah in die Tüte. »Danke«, sagte sie. »Hast du Knete dabei?«

Sophie schluckte. »Nicht viel.« Sie war ein bisschen sauer, weil Lisa auf ihre Großzügigkeit nicht mit mehr Dankbarkeit reagiert hatte. »Nur genug, um meinen Fahrschein zu bezahlen und noch was fürs Mittagessen.«

Lisa machte die Augen zu. »Mittagessen«, sagte sie schwach.

Sofort hatte Sophie Gewissensbisse. Wie sollte sich jemand über Kleider freuen können, wenn er fast vor Hunger starb?

»Da, nimm das«, sagte sie und reichte Lisa einen Fünfpfundschein.

»Danke«, sagte Lisa wieder und rappelte sich hoch. »Bis dann.«

Irgendwie fühlte Sophie sich im Stich gelassen. Sie hatte gehofft, Lisa würde Livi erzählen, dass sich seit ihrer Begegnung mit Sophie ihr Leben geändert hatte und dass Sophie ein freundlicher und liebevoller Mensch war und wie sehr Lisa sie brauchte. Aber Lisa schien alles für selbstverständlich zu halten.

Livi berührte Sophies Arm. »Vielen, vielen Dank, dass ich das hier behalten durfte.« Sie streichelte den Ärmel der silbrigen Jacke, die sie von dem ausgesonderten Klamottenstapel gerettet hatte. »Die gefällt mir unheimlich gut. Du bist wahnsinnig nett.«

Jetzt ging es Sophie besser. Wenigstens Livi fand sie nett.

Doch dann ging es Sophie nicht mehr so gut. Sie waren in der Wohnung ihres Vaters angekommen und hatten eine noch größere Unordnung als sonst vorgefunden. Der gesamte Esstisch war bedeckt mit Broschüren von Immobilienmaklern.

»Na, das ist ja wunderbar!«, rief er aus, nachdem Sophie ihm Livi vorgestellt hatte. »Und genau zum richtigen Zeitpunkt. Sieh mal, Sophie, ich habe jetzt alle Informationen über diese Häuser. Jetzt musst du mir sagen, welches davon du magst.«

»Ziehen Sie um, Mr. Cross?«, fragte Livi höflich und betrachtete den Müll auf dem Fußboden aus den Augenwinkeln und dachte, dass das aber auch höchste Zeit wurde.

»Na ja, vielleicht«, erwiderte er. »Letzten Endes hängt alles von Sophie ab. Allein schaff ich das nicht.«

Livi warf Sophie einen fragenden Blick zu.

»Sophie zieht mit mir zusammen, nicht wahr, Schätzchen?«, sagte Clive.

Nein, das glaube ich eher nicht, dachte Sophie.

»Vorausgesetzt, ich gehe nicht zurück nach Afrika, das muss man noch berücksichtigen. Aber wahrscheinlich werde ich das nicht.«

»Ich dachte, du hättest das schon entschieden«, sagte Sophie.

»Hab ich doch, hab ich doch«, sagte Clive. »Glaub ich jedenfalls. Was meinst du, Sophie?«

»Das möchte ich nicht entscheiden, Papa«, protestierte sie und sie merkte, dass Livi sehr überrascht dreinschaute.

»Aber natürlich musst du das«, sagte er. »Wir werden doch ein Team sein.«

Das wird mir langsam zu viel, dachte Sophie. Wären wir bloß nicht gekommen. »Wir reden später noch drüber, Papa«, sagte sie. »Wir wollen jetzt zum Camden-Market.«

»Da komm ich mit.« Clive sprang auf, schnappte sich seine Jacke von der Garderobe. »Ich darf doch nicht die Gelegenheit verpassen, wenn ich mich mal in der Gesellschaft von zwei wunderschönen jungen Damen sehen lassen kann, oder?«

Ich glaube, ich muss mich gleich übergeben, dachte Sophie. Und dann merkte sie, dass das sonst immer ihre Mutter gewesen war, die solche Gedanken bei ihr ausgelöst hatte.

Das Leben war wirklich äußerst verwirrend.

Sie blieben nicht lange auf dem Markt. Mit einem Vater auf den Fersen, der dauernd Hemden und seltsame Schmuckstücke und peruanische Schals anprobierte, war das irgendwie nicht mehr so besonders reizvoll. Er benutzte lauter Modewörter, aber sie passten nie richtig, und redete über die Charts, aber er sprach die Namen der berühmtesten Bands alle falsch aus.

»Warum gehst du nicht zum Centre, Papa?«, schlug Sophie vor, nachdem ihr Vater auch noch angefangen hatte, die letzten Top-Schlager zu singen. »Ich komme später mit Livi nach.«

»Seid ihr ganz sicher, dass ihr mich nicht mehr als Begleiter braucht?«, erkundigte er sich.

»Ganz sicher«, sagte Sophie. »Absolut ganz sicher.«

Als die Mädchen den Markt verließen, hatte es angefangen zu regnen. Sie eilten durch die mit Fußgängern bevölkerten Straßen bis zum Lowdown Centre, aber als sie um die Ecke bogen, griff Sophie nach Livis Arm.

»Schau mal, da drüben, was ist denn da los?«

Auf der Straßenseite gegenüber, im Hauseingang eines leeren Ladens, standen Lisa und Kim. Und es sah ganz danach aus, als ob die beiden miteinander stritten.

»Komm«, drängte Sophie. »Wir finden raus, was da los ist.«

Livi zögerte. »Willst du das wirklich?« Sie wirkte unsicher. »Ich meine, es sieht ziemlich heftig aus.«

»Lisa kennt mich, damit werde ich fertig.«

Sie wichen den Fahrzeugen auf der Straße aus und Sophie rannte dahin, wo Kim und Lisa sich gegenseitig anbrüllten. Einige Passanten warfen ihnen unfreundliche Blicke zu, aber die beiden streitenden Mädchen schienen das gar nicht zu bemerken.

»Lisa!«, rief Sophie. »Was ist los?«

Lisa antwortete nicht, sondern griff sich eine Strähne von Kims Haaren. »Da, du blöde Ziege!«, kreischte sie.

Kim wand sich aus dem Griff und trat Lisa ans Schienbein. Die stolperte und stürzte und Sophie bemerkte, dass die Tüte mit den Kleidern, die sie ihr neulich gegeben hatte, auf der Türschwelle ausgekippt war.

»Sie wollte mir meine Sachen wegnehmen!«, keuchte Lisa. »Die Sachen von dir.« Ihre Augen waren müde und blutunterlaufen und ihre Gesichtshaut war ganz grau.

»Du altes Arschloch!«, brüllte Kim. »Du hast den Stoff da irgendwo versteckt, das weiß ich ganz genau!«

Lisas Augen füllten sich mit Tränen. »Hab ich nicht, das weißt du auch ganz genau. Ich hab keinen Stoff. Ich bin doch nicht so bekloppt.«

»Oh, bekloppt, ja?«, kreischte Kim. »Ich hab dich doch die Pille schlucken sehen. Und wo sind die anderen?«

Sie stürzte sich wieder auf Lisa und trat sie in den Bauch.

»Nein!«, schrie Sophie und ließ sich neben der zitternden, schluchzenden Lisa auf die Knie fallen.

»Scher dich weg!«, schrie Kim und riss Sophie an den Haaren.

Livi zögerte nicht. Sie stürzte sich auf Kim und stieß sie mit aller ihrer Kraft weg. Aber Kim war größer und stärker. Sie schlug mit dem linken Arm zu und zerkratzte Livis Gesicht mit langen krallenartigen Nägeln.

In diesem Augenblick hielt ein Streifenwagen am Bordstein und zwei Uniformierte sprangen heraus.

Kim raste sofort die Straße entlang. Lisa kämpfte sich wieder auf die Füße, sah den einen Polizisten und fiel vor ihm in Ohnmacht.

Livi hielt sich die Hand gegen ihre zerkratzte Wange.

Sophie brach in Tränen aus. Als Mutter Teresa von Camden war sie doch ein ziemlicher Reinfall. Jedenfalls machte es überhaupt keinen Spaß.


»Du siehst also, Sophie«, sagte Dickon Flanders, »es ist nicht immer so einfach, wie es scheint. Kim ist ein bekannter Junkie, Lisa ist von zu Hause weggelaufen und voller Ängste. Du hast wahrscheinlich alles verschlimmert, als du ihr Geschenke gegeben hast, die die anderen Mädchen auf der Straße nur eifersüchtig gemacht haben.«

Die Polizisten hatten die Mädchen ins Centre gebracht und sie befragt. Zwei mütterliche Frauen in geblümten Schürzen hatten sie dann mit Tee und Keksen wieder aufgepäppelt, Livis Kratzwunden versorgt und ihr gegen den Schock Schokolade gegeben.

Sophie schluckte und sah hinüber zur Tür, wo ihr Vater sich mit den Polizisten unterhielt. »Das hab ich nicht bedacht, ich wollte ihr ja nichts Böses«, flüsterte sie.

Dickon lächelte. »Das weiß ich. Es ist sehr verführerisch mit den guten Taten, nicht wahr? Man muss sich nur sicher sein, dass sie keinen Pferdefuß haben.«

Sophie nickte.

»Sie war sehr mutig«, sagte Livi solidarisch. »Sie wollte Lisa helfen.«

»Livi aber auch. Sie wollte mir helfen.«

»Vielleicht solltet ihr beide euch gegenseitig helfen«, sagte Dickon, »und die Jugendlichen von der Straße den Fachleuten überlassen. Ah, da kommt ja Clive.«

Sophies Vater kam herüber und ließ sich auf einen Stuhl fallen. »Ich brauche einen Drink«, sagte er. »Was für ein Nachmittag!«

Dickon sah ihn ernst an. »Ich glaube, dass du vor allem jetzt erst mal diese Mädchen nach Hause bringen solltest.«

Clive gähnte. »Ich ruf ein Taxi«, sagte er.

Sophies Mutter war mit Mrs. Burnbright im Laden, als die Mädchen ankamen. Sie warf einen Blick auf Livis Gesicht und schnappte nach Luft.

»Was in aller Welt …? Livi, du armes Kind. Komm hoch

mit mir. Auf der Stelle. Mrs. Burnbright, könnten Sie bitte Wasser aufsetzen?«

Agatha nickte und eilte in die Küche.

»Teebaumöl«, sagte Vanessa energisch. »Das brauchen wir jetzt. Wenn ich es doch bloß finden könnte ...«

»Tee... was?«, fragte Livi ängstlich.

»Das ist ein Antiseptikum«, mischte sich Mrs. Burnbright ein, öffnete ihre Handtasche und holte ein Fläschchen heraus. »Ich hab immer welches dabei ...« Sie reichte es Vanessa.

»Toll!«, sagte Vanessa. »Das hilft.«

Ich wusste gar nicht, dachte Sophie, dass meine Mutter so praktisch sein kann.

Erst als Livis Gesicht versorgt war und Mrs. Burnbright Tee gemacht und den Toast fertig hatte, wollte Vanessa die ganze Geschichte hören.

Sophie wartete auf den Zornesausbruch. Sie wartete darauf, dass ihre Mutter jetzt sagen würde, dass alles nur ihr Fehler war, dass sie auf ihre Mutter hätte hören sollen und dass ihr Vater völlig verantwortungslos war.

Aber das tat sie nicht. Sie stellte sich vor die Mädchen und nahm sie beide in die Arme. »Gott sei Dank geht es euch gut«, sagte sie. »Das ist das einzig Wichtige.«

Am Abend kam Tony. Er wollte mit Sophie und Livi ins Kino gehen. Als er die Geschichte von dem Straßenkampf hörte, fummelte er an seiner Brille herum und rubbelte an seinem Kinn.

»Du hast es jetzt wirklich mit diesem Wohltätigkeitskram, was, Sophie? Aber könntest du es nicht irgendwie auf eine sicherere Art und Weise machen?«

Sophie seufzte. »Wahrscheinlich. Aber wie?«

Ihre Mutter sah von einem neuen Katalog auf. »Ich könnte einen Empfang geben, Käse, Wein und zehn Prozent Rabatt, irgendwas in der Art, und der Gewinn könnte dann an das Centre gehen.«

Sophie riss die Augen auf. »Das würdest du tun? Hier? Für das Centre?«

»Sophie, Schatz, du hörst dich an wie ein Papagei.« Ihre Mutter lächelte. »Das bringt mich ganz durcheinander. Natürlich mach ich das. Und jetzt marsch, ab mit euch, oder ihr verpasst den Anfang von dem Film.«

»Ich finde deine Mutter echt cool«, sagte Livi.

»Viel cooler als deinen Vater«, sagte Tony. »Wenn ich das mal so sagen darf.«

Sophie wackelte mit dem Kopf. »Kannst du ruhig. Das hab ich grade auch rausgekriegt.«

Am nächsten Morgen kam Livis Mutter in den Laden, um Livi abzuholen und zwei Dutzend wütende Trolle abzuliefern. Vanessa strahlte und gratulierte ihr zu ihren wunderbaren Schöpfungen. Dann kochte sie Kaffee und servierte knusprige Scones und sagte, dass Livis Besuch die reine Freude war und dass sie unbedingt wieder kommen sollte.

Sie winkten ihnen von der Tür aus nach, nachdem sie versprochen hatte, dass Sophie in den Weihnachtsferien nach Leehampton fahren durfte.

Dann machte Vanessa die Tür zu und brach in Tränen aus.

»Mama! Was ist los? Was ist denn nicht in Ordnung?« Sophie war entsetzt. Vanessa weinte nie. Niemals. Immer hatte sie gesagt, das Resultat einer ordentlichen Erziehung wäre, dass man stets ein tapferes Gesicht zeigte. Und jetzt saß sie auf dem Boden im Wohnzimmer, hatte den Kopf auf das Sofa gelegt und die Tränen strömten über ihre Wangen.

Sophie kauerte sich neben sie. »Mama!«, bat sie und langsam stieg Panik in ihr auf. »Was ist denn? Bist du krank?«

Vanessa schüttelte den Kopf.

»Ist es wegen Geld? Gehen die Geschäfte schlecht? Mach dir keine Sorgen, ich werde sparen, das versprech ich dir.«

Vanessa schüttelte den Kopf. »Nein, mit dem Geschäft ist alles in Ordnung.«

»Was ist es dann?«

»Ich halte das einfach nicht mehr aus«, schluchzte Vanessa.

Sophie legte den Arm um ihre zuckenden Schultern. »Was hältst du nicht aus?«, fragte sie sanft.

»Dich zu verlieren«, schluchzte ihre Mutter. »Wenn du zu deinem Vater ziehst und ich dich nicht mehr bei mir hab, weiß ich nicht, wie ich das aushalten soll.«

Sophie umarmte sie. »Mama«, fing sie an.

»Ich weiß, ich weiß«, sagte Vanessa zwischen den Schluchzern. »Es ist dein Leben und du wirst jetzt langsam erwachsen und ...«

»Mama – ich ziehe nicht zu Papa«, sagte Sophie.

Vanessa hob den Kopf und sah Sophie durch Tränenschleier an. »Nein?«, flüsterte sie.

Sophie schüttelte den Kopf.

»Warum nicht? Ich dachte ...«

»Ich werde nicht zu Papa ziehen, weil ich dich lieb habe«, sagte Sophie. »Ich lebe gern mit dir zusammen und außerdem will mich Papa gar nicht wirklich bei sich haben. Er will nur jemanden, der für ihn aufräumt.«

Vanessa wischte sich mit der Rückseite der Hand die Augen. »Oh, Sophie«, flüsterte sie, »ich freu mich ja so. Ich war so unglücklich.«

»Aber du hast nie einen Ton gesagt.«

»Na ja, ich bin so dran gewöhnt, immer strahlend meine Kunden anzulächeln und so zu tun, als hätte ich alles bestens unter Kontrolle, dass ich schon dachte, du würdest mich nicht mehr lieb haben, wenn ich vor dir zusammenbrechen würde.«

Sophie umarmte sie wieder. »Ich habe dich immer lieb gehabt«, sagte sie. »Ganz egal, trotz Schimpfen und allem anderen.«

Vanessa lächelte schwach. »Ich weiß, es klingt bescheuert, aber ich brauche dich. Ich brauch dich so sehr.«

Sophie kuschelte sich bei ihr an. »Ich brauch dich doch auch.«

»Ich versprech dir auch, dass wir mehr miteinander unternehmen werden«, sagte Vanessa. »Jetzt, wo wir Agatha haben, bin ich nicht mehr so eingespannt. Und dann habe ich auch mehr Energie für so was. Außerdem werde ich auch nicht mehr so an dir rumkritisieren.«

Sophie lachte. »Bitte kritisier doch weiter«, sagte sie.

»Was?« Vanessa fielen fast die Augen aus dem Kopf.

»Teenager brauchen Stabilität in ihrem Leben«, erwiderte Sophie.

Beide platzten los und lachten und Sophie wusste, dass Mrs. Burnbright Recht hatte. Ihre Mutter hatte sich wirklich Sorgen gemacht.

# Wieder ganz normal

»Dieser Straßenkampf muss ein ziemlich schreckliches Erlebnis gewesen sein«, sagte Tony, als er und Sophie Hand in Hand die King's Road entlanggingen. »Ich wünschte, ich wäre dabei gewesen und hätte dir helfen können.«

Sophie warf ihm einen dankbaren Blick zu.

»Wirst du alles in deinem Aufsatz aufschreiben?«, fragte Tony.

Sophie nickte. »Das gehört ja wohl alles dazu, oder? Dieses Straßenleben ist überhaupt nicht so toll, und mal ganz ehrlich, darüber zu schreiben, ist überhaupt nicht leicht.«

»Und dein Vater?«, wollte Tony wissen. »Willst du immer noch mit ihm zusammenziehen?«

Sophie schüttelte den Kopf. »Er will ja gar nicht wirklich mich. Er will nur jemanden, irgendjemanden, damit er sich nicht so einsam fühlt. Und das kann ich nicht machen. Ich hab genug Schwierigkeiten, mit mir selber klarzukommen.«

Tony lachte. »Da freue ich mich aber. Deine Mutter wäre am Boden zerstört gewesen.«

»Ich weiß«, sagte Sophie, »aber woher weißt du das?«

»Sie ist ganz verrückt nach dir«, sagte Tony. »Das kann man jedes Mal sehen, wenn sie dich anschaut.«

»Wirklich?«

Tony nickte.

»Auch wenn sie sauer auf mich ist?«

»Besonders wenn sie sauer ist«, sagte Tony.

Sophie seufzte. »Ich hab früher mal gedacht, ich könnte

alles selbst auf die Reihe kriegen«, gestand sie. »Aber ich glaube, ich bin gar nicht so schlau, wie ich dachte.«

»Ich auch nicht«, sagte Tony.

Sophie runzelte die Stirn. »Was meinst du damit?«

Tony wandte sich ihr zu und nahm ihr Gesicht in seine Hände. »Ich möchte dich furchtbar gern küssen. Aber ich weiß nicht richtig, wie das geht.«

Sophie lächelte. »Ich weiß es auch nicht genau. Aber wir könnten wahrscheinlich schon jede Menge Spaß haben, wenn wir nur mal üben.«

Tonys Lippen berührten ihre und Sophie merkte, dass sie viel mehr vom Küssen wussten, als sie sich vorgestellt hatten. Und diesmal war es sehr, sehr schön.

»Besuchst du heute Abend deinen Vater?«, erkundigte sich Vanessa am Freitag.

»Ich hab ihn gebeten, hierher zu kommen, wenn das okay ist«, sagte Sophie. »Ich möchte ein paar Sachen klarstellen und dazu brauch ich dich.«

Vanessa lächelte. »Wenn du mich brauchst, dann werde ich natürlich hier sein.«

»Also, Papa, dann weißt du jetzt, dass ich nicht mit dir zusammenziehen werde. Ich hab dich lieb und du bist mir sehr wichtig, aber ich muss mein eigenes Leben leben, und du brauchst mich gar nicht wirklich.«

Sie hatte erwartet, dass ihr Vater protestieren würde, aber stattdessen schien er eher erleichtert.

»Eigentlich«, sagte er und löffelte Vanessas hausgemachte Karotten-Koriander-Suppe, »habe ich beschlossen, doch zurück nach Afrika zu gehen. Sie brauchen da meine ganz besonderen Fähigkeiten und, ehrlich gesagt, ich bin ziemlich geschockt von dem, was ich hier in London gesehen habe. Ich bin jemand, der in einer angenehmen Umgebung arbeiten muss, und die Aggressivität der Großstadt ist nix für mich.«

Vanessa versuchte sich ein Lächeln zu verkneifen.

»Aber Sophie, ich muss dir noch was sagen und da bin ich mir auch ganz sicher, dass deine Mutter mit mir einer Meinung sein wird«, sagte er.

»Was denn?«, fragte Sophie, obwohl sie sich ziemlich gut vorstellen konnte, was er sagen wollte.

»Dieser Tony, mit dem solltest du dich nicht länger abgeben«, sagte Clive. »Vanessa, du hast doch bestimmt gemerkt, dass er ein Mischling ist, nicht wahr?«

»Ja«, sagte Vanessa ruhig.

»Und ich nehme mal an, du machst dir genau solche Sorgen wie ich«, sagte Clive.

»Die einzige Sorge, die ich habe«, Vanessa neigte ihren Kopf und setzte ihr bezauberndstes Lächeln auf, »ist die um Sophies Glück. Jeder, der meine Tochter glücklich macht, ist mir herzlich willkommen. Noch mehr Suppe, Clive?«

»Und du magst Tony wirklich?«, wollte Sophie von ihrer Mutter wissen, nachdem ihr Vater gegangen war. »Du hast das nicht einfach nur so dahergesagt?«

»Würde es dir denn was ausmachen, wenn ich ihn nicht leiden könnte? Ganz ehrlich?«

»Nö«, sagte Sophie. »Weil ich weiß, dass er für mich richtig ist. Vielleicht nicht für immer, aber bestimmt für jetzt.«

»Das ist das Wichtigste«, sagte ihre Mutter.
»Darf ich Livi anrufen und ihr alles erzählen?«, fragte Sophie.
»Na klar.«

Nach einer Stunde und zwanzig Minuten machte Vanessa die Tür zu Sophies Zimmer auf.
»Sophie!«, schrie sie. »Willst du gefälligst endlich mit dem Telefonieren aufhören! Ich bin kein Dukatenscheißer, das solltest du wissen. Und außerdem bist du mit deinem Aufsatz noch nicht fertig.«
Sophie verabschiedete sich rasch von Livi und legte den Hörer auf. Sie rannte zu ihrer Mutter an die Tür und umarmte sie. »Na, super! Du meckerst ja wieder! Dann ist endlich wieder alles wie sonst.«

# Reg dich ab, Mama!

Rosie Rushton
**Reg dich ab, Mama!**
192 Seiten
3-570-12391-X

Die Geschichte von fünf leidgeprüften Teenies. Sie alle haben die schlimmsten Eltern, die man sich nur vorstellen kann: Sei es die Mutter, die peinlicherweise noch Miniröcke trägt oder der Vater, der einen nicht in die Disko lässt. Das kann man einfach nicht mitmachen, da hilft nur ein entschiedenes »Reg dich ab, Mama!«

Rosie Rushton
**Ich glaub, ich krieg 'ne Krise!**
192 Seiten
3-570-12433-9

Die wichtigste Frage im Leben der fünf Teenies:
Wie krieg ich endlich meinen ersten Freund. Das größte Problem: Meine Eltern haben ihre Midlife-Crisis!
Bei so viel Stress kann man nur noch sagen:
Ich glaub, ich krieg 'ne Krise!

Rosie Rushton
**Halt dich da raus, Mama!**
192 Seiten
3-570-12431-2

Müssen sich Eltern denn überall einmischen! Kaum ist man auf Erfolgskurs beim richtigen Mädchen, kommt einem der Vater dazwischen. Steckt man seine ganze Energie in die Schauspielkarriere, hat man wochenlang Zoff mit der Mutter. Da gibt's nur eine Wahrheit und die lautet:
Halt dich da raus, Mama!

**CB** **C. Bertelsmann**
Jugendbücher